Marijke Schermer

Sozusagen Liebe

Roman

Aus dem Niederländischen
von Hanni Ehlers

Kampa

Die niederländische Originalausgabe erschien 2019 unter dem Titel
Liefde, als dat het is bei Uitgeverij Van Oorschot, Amsterdam.

Der Kampa Verlag dankt dem Nederlands Letterenfonds
für die Übersetzungsförderung.

Nederlands letterenfonds
dutch foundation
for literature

Der Kampa Verlag wird vom Bundesamt für Kultur
mit einem Strukturbeitrag für die Jahre 2021–2024 unterstützt.

www.kampaverlag.ch
Covergestaltung: Lara Flues, Kampa Verlag
Covermotiv: © Rosie McGuinness
Satz: Herr K | Jan Kermes, Leipzig
Gesetzt aus der Stempel Garamond LT / 210120
Druck und Bindung: Friedrich Pustet, Regensburg
Auch als E-Book erhältlich
ISBN 978 3 311 10063 8

Sommer

Aus den Fugen

Es vollzieht sich immer mehr oder weniger gleich: Sie sagen das eine und andere zueinander, sie trinken ein Glas Bier oder Tonic oder Wasser, manchmal duscht er, und dann gehen sie ins Bett. Es hat das richtige Verhältnis zwischen Leichtigkeit und Ernst. Es ist erregend, ungeniert, aber auch emotional. Manchmal schluchzt er in ihren Armen. Danach sind sie entspannt. Manchmal schlafen sie um ein Haar ein. Sie reden über ihre Arbeit, über ihre Kinder, er erzählt von der Naturkatastrophe, sie nimmt seine Frau in Schutz. Beim Essen bewundern sie die Aussicht. Sev wohnt sehr weit oben, von ihrem Fenster aus blickt man auf die Stadt, sieht, wie sich der Fluss durch sie hindurchschlängelt. Wenn die Zeit ausreicht, gehen sie danach wieder ins Bett. Er bringt nie etwas mit, keinen Wein, keine Blumen. Er bleibt nie über Nacht. Er sagt jedes Mal, dass es das letzte Mal sei. Sie ruft ihm ein Taxi und schaut zu, wie er unten einsteigt und sich wegfahren lässt.

Die Balkontür steht offen, aber der Vorhang ist gegen die Sonnenhitze zugezogen. Sev lehnt in der halbdunklen Küche an der Arbeitsplatte und schreibt David eine Nachricht. Sie stellt sich ihn bei ihm zu Hause in der Gorterlaan, wo sie nie gewesen ist, in seiner Küche vor. Wie er der Verzweiflung damit zu Leibe rückt, dass er seine Töchter umsorgt. Die sich das gerne gefallen lassen, alt genug, sich auch das Ihre dabei zu denken. Sev ist ihnen nie begegnet; alles, was sie über sie, über ihn und seine Frau weiß, weiß sie von ihm. Sie stellt sich alles vor.

Sie selbst hat an diesem Nachmittag ihren achtjährigen Sohn Hendrik zu seinem Vater gebracht. Nun hat sie gemischte Gefühle, einerseits verspricht die anstehende Woche mehr Freiraum, andererseits fehlt ihr auch etwas. Sie wartet darauf, dass David ihre Worte sieht und sie wissen lässt, dass sie angekommen sind, sie weiß, dass ihre Worte ankommen, genau deswegen hat sie sie versandt. Ein kabelloses Audiosystem füllt die Zimmer ihrer Wohnung mit Satie. David sagt, dass seine Ehe fünfundzwanzig Jahre lang glücklich gewesen sei, dass sein Leben glücklich gewesen sei, bis zu der Naturkatastrophe. Sie nimmt sich eine Flasche Bier, überlegt, was sie essen soll, etwas scharf Gewürztes, etwas Nicht-Kindgerechtes. Legt ihre Tasche auf den Tisch, sie könnte noch etwas arbeiten, später, wenn es endlich kühler geworden ist. Fünfundzwanzig Jahre Glück in Scherben, Sev weiß nicht, welches das größere Mysterium für sie ist, diese fünfundzwanzig Jahre oder der Gnadenstoß.

Bauch leuchtet auf dem Display ihres Handys auf. Sie schmunzelt. In vierundzwanzig Stunden wird David seine Hände auf ihren Körper legen. Darum ging es in ihrer Nachricht, um seine Hände, dass sie sie schon fühlt und wo. Sie denkt an das erste Mal, als sie mit ihm schlief, bevor sie sein Gesicht gesehen oder seine Stimme gehört hatte. Ein sorgfältig vorbereiteter Ablauf, sie hatte ihm jeden Schritt beschrieben, den er in ihrer Wohnung machen sollte. Sie hatte ihre Handlungen beschrieben, was sie tun würde, was sie von ihm erwartete. In der immer kürzer werdenden Spanne, bis er kommen würde, realisierte sie, dass sie trotz der Korrespondenz mit ihm nichts von ihm wusste. Als sie an jenem Nachmittag Wein einkaufte, kam ihr der Gedanke, dass er womöglich der schmuddelige Kerl mit dem schaumigen Speichel in den Mundwinkeln und einer Flasche Wodka in der Hand sein könnte. Sie dachte: Ein Lustmörder hätte ihrem Kennenlernen niemals so ausführlich und detailliert so viele Worte gewidmet, hätte niemals so intensiv und effektiv Sprachbalz betrieben. Sie war stark, physisch, kein Opfertyp, sie könnte ein Messer neben ihrem Bett deponieren.

Als er ihr verdunkeltes Schlafzimmer betrat, im Türrahmen auftauchte, dachte sie: Ein Mann, es ist kein Jüngling, sondern ein Mann. Er zog neben ihrem Bett seine Schuhe, sein Oberhemd und seine Hose aus, sie roch seinen Geruch, er schlüpfte unter die dünne Einziehdecke und legte den Kopf auf ihre Brust.

Es folgt ein Foto von seiner Pfanne. Er schickt oft Fotos von den Gerichten, die er zubereitet, sie zoomt die Dinge darum herum näher heran, probiert, das Puzzle durch Nebensächliches zu vervollständigen, durch Gewürze, die er verwendet, Zutaten, die er eingekauft hat, Messer, mit denen er schneidet, herumliegende Sachen von seinen Kindern, Trivialitäten des Alltagslebens, das er ihr vorenthält. Sie hat auch gleich Appetit auf Scampi.

Er hat noch nie gesagt, dass sie schön sei, oder etwas benannt, was er schön an ihr findet. Das gefällt ihr. Sie hat Freunde gehabt, die sie schön fanden, und sie hat Freunde gehabt, denen sie nicht schön genug war. Derartige Beurteilungen sind, auch wenn sie positiv ausfallen, immer erniedrigend. Wie er sie ansieht, wenn er sie berührt, wie er sich zurücklegt und sich ihr hingibt, wie er sich ihr Essen schmecken lässt und von seinem Leben berichtet, das ist es, worauf es ihr ankommt. Er sagt, dass ihre Unkonventionalität und ihr Ungebundensein eine Art Schutz vor dem Urteil anderer seien. Er sagt, dass er sie um ihre Freiheit beneide. Er sagt, dass es kein Unvermögen sei, keine Beziehung zu haben, als sie mal so etwas suggeriert, sondern dass sie einfach keine Beziehung wolle. Gerade in seinen Fehleinschätzungen klingt seine Bewunderung für sie durch. Sie macht ein Foto von ihrer Flasche Bier, schreibt etwas über seine Zunge und seinen Kopf zwischen ihren Schenkeln. Sie will ihn stören, den hingebungsvollen Vater.

Sie kennt ihn seit vier Monaten, und sie hat ihn nie in Gesellschaft erlebt, ist nie jemand aus seinem Leben begegnet, hat noch nie in der Öffentlichkeit mit ihm verkehrt. Lernt man einander so auf die reinste Weise kennen? Oder bleiben dadurch Seiten verborgen, die genauso bestimmend dafür sind, wie jemand ist? Auf einer Party hätte sie ihn sich vielleicht nicht herausgepickt. In ihrem Freundeskreis hätte sie ihn wahrscheinlich eher als den Mann von Terri gekannt, wenn überhaupt. Er ist wortgewandt und kann seine Gedanken auf den Punkt bringen, sie weiß, dass er kein Blender ist, dass er geistreich und schlagfertig ist, dass er liest und sich auf dem Laufenden hält und eine Meinung zu aktuellen Fragen hat, die sich nur in Nuancen von der ihren unterscheidet, sodass es sich gut diskutieren lässt. Aber sie glaubt auch zu wissen, wie reserviert er normalerweise in Gesellschaft ist, wie sehr er sich in seiner Familie verschanzt hatte und von etwas umgeben war, was man bei Leuten mit Familie häufiger antrifft: einer gewissen Unantastbarkeit. Da ist etwas, was sie zu Hause lassen, etwas, das sich der Außenwelt nicht mehr zu stellen und in seinem Umfang nicht an einem andern zu messen braucht. Genau deswegen hätten sie einander zu keinem anderen Zeitpunkt als jetzt, im Epizentrum seiner Krise, kennenlernen können. Weil seine Innenwelt so lange so gut geborgen war, weil jede Turbulenz in ihr durch Zufriedenheit, durch Selbstbeherrschung und Moral bezwungen war, ist sie jetzt, mitten im Sturm, eine schimmernde Perle. Sev kann nicht genug davon bekommen.

Er sagt, dass ihm durch sie neue Gefilde erschlossen worden seien. Sev fürchtet, dass er bloß den Sex meint, aber diese Angst hat sie nur, wenn sie zulässt, dass sie sich ganz klein macht. In Wahrheit sind all die Segmente nicht zu trennen: Sex, Liebe, Intimität, Erkenntnis, Heimweh. Und das ist auch die Schwierigkeit. *Nur das hier, du, ich und diese Insel in der Zeit …* Sie weiß nicht, ob sie sich an diese Abmachung halten kann.

In der Gorterlaan schneidet David den Knoblauch, die Peperoni, die Schalotten und gibt sie ins Öl. Liebe. Er tupft die Scampi trocken und stellt die Spaghetti ins kochende Wasser. Liebe. Er frittiert die Petersilie kurz in der kleinen Pfanne und legt die Scampi in die andere Pfanne. Liebe für die Kinder. Er kippt ein Glas Wein hinunter. Doppelt so viel Liebe, doppelt so viel Fürsorge. Alles, was sie brauchen, und mehr wird er liefern. Sein Oberhemd klebt ihm am Rücken. Er schenkt sich Wein nach. Von dem Tag an, da Terri in sein Leben kam, vor fünfundzwanzig Jahren, wandelten er und sie sich allmählich zu einem Wir, und dieses Wir erweiterte sich im zweiten Jahrzehnt ihrer Verbindung zum Kollektiv einer Familie, jenem vielköpfigen Organismus. Er und sie lösten sich auf, wie Wellen im Meer. Deswegen hat er jetzt nicht mehr die geringste Ahnung, wer er ist, weiß nur, wo er ist: hier, in seinem Haus. Wie das Erstaunen in Sevs Gesicht explodiert, wenn er so etwas sagt. Er pflückt Blätter von der Basilikumpflanze auf der Fensterbank. Das Fenster ist schmutzig, er muss es putzen, wenn die Sonne nicht darauf scheint. Die Kugel Mozzarella auf der Arbeitsplatte lässt ihn unwillkürlich an ihren Körper denken. Ein Schauer durchrieselt ihn. Er legt den Deckel genau zur richtigen Zeit schräg auf den Topf, in dem die Pasta kocht. Er findet das richtige Messer und legt es bereit. Er kocht, wie er heimwerkt, an einen Funken Inspiration schließt sich eine straffe Folge präziser Handlungen an.

Als Ally Terri gebeten hat, *Papa nicht länger wehzutun*, war ihm kurz so, als gerate die Welt in Schieflage. Als müssten seine Kinder ihn beschützen und nicht er sie. Doch dann ging ihm auf, dass es noch mal anders war. Von beschützen oder beschützt werden kann in dem Pfuhl, zu dem ihr Leben geworden ist, keine Rede mehr sein. Er und Krista und Ally sind *ein* Körper, *ein* Organ, und als Ally von seinem Schmerz gesprochen hat, war auch ihr eigener Schmerz gemeint. Aber die Liebe, die Fürsorge und die Spaghetti werden den Schmerz lindern und vergessen machen. Es soll ihnen an nichts, aber auch gar nichts fehlen. Ihr Haus soll voller Leben, Liebe und Freude sein. Nun, da sie nicht mehr Terris hohen Erwartungen gerecht werden müssen, wird das sogar leichter sein. Nun, da es nicht mehr schlimm ist, dass Krista auf die Realschule geht und kein Abitur machen wird und Ally zwar eine höhere Schule besucht, aber eben kein altsprachliches Gymnasium, nun, da er nicht mehr in allerlei Hinsicht an seiner Selbstoptimierung zu arbeiten braucht – joggen, etwas Neues, eine Sprache, ein Instrument lernen, das Demütigende ihrer Vorschläge –, nun, da er tun und lassen kann, was er will, und die Kinder seelenruhig ihr nicht herausragendes Selbst sein können, ist das Glück greifbarer denn je. Eigentlich ist es nur gut so. Eigentlich ist es ein Rätsel, warum er immer bemüht war, sich Terris Wünschen zu fügen. Jetzt erst, jetzt, da es nicht mehr nötig ist, spürt er, was für ein Krampf das war. Welche Entspannung über ihn gekommen ist oder zumindest im Begriff ist, über ihn zu kommen. Er wischt Schalen und Krümel von der Arbeitsplatte in seine Hand und leert sie in den blitzenden zylindrischen – furchtbar unpraktischen, er hört es sie sagen – Abfalleimer aus. Mit dem gezähnten Messer, das er für die Tomaten benutzt, schneidet er sich in den Finger. Einen Augenblick lang, ehe er den Schmerz spürt und das Messer fallen lässt, stellt er sich vor, er würde weiterschneiden. Blut tropft auf das Holzbrett und vermengt sich mit dem Saft der Tomaten, bevor er den Finger in den Mund steckt. Er schmeckt den Eisengeschmack, fühlt seinen Speichel in der Wunde beißen. Spürt, wie ihn eine saugende Leere von innen beschleicht. Er würde am liebsten schreien: So war das nicht abgemacht. So war das verdammt noch mal nicht abgemacht.

Er legt Besteck auf den Tisch. Ihn durchzucken Erinnerungsbilder von der Suche nach dem Tisch, dem perfekten Tisch, einem Tisch zum Haus, den Gesprächen darüber, den Gesprächen daran, mit ihr, mit anderen, vor allem mit ihr. Er schiebt die Zeitung beiseite. *Hitzewelle hält an* titelt die erste Seite, die im Luftstrom des Ventilators raschelt. Ein Blick zwischen den halb zugezogenen Vorhängen hindurch auf die verlassene Straße, das harte weiße Licht, die über dem heißen Asphalt flirrende Luft, die Kritzeleien auf den Gehwegplatten: Straßenkreide, eine Erinnerung, die weg ist, bevor er sie zu fassen bekommt. Seine Hände auf der Tischplatte. Hände, die nicht zu seinem Körper passen, das hat Sev gesagt. Ein Blutfleck bleibt zurück. Er sucht in der Schrankschublade nach einem Pflaster, ruft die Namen seiner Töchter in den Treppenflur. Wenn er an Sev denkt, spürt er das im Bauch. Er hat Schuldgefühle, aber er weiß nicht, wem gegenüber, er geht fremd, aber seine Frau ist nicht mehr seine Frau. Er begreift nicht, wie Sev so anders sein kann, zwar nah, aber doch so anders, so erschreckend anders als er, als Terri. *Keine Beziehung, nur diese Insel in der Zeit.* Ihre Worte. Liebhaber. Er verteilt den Käse auf die Tomaten.

»Was essen wir?« Ally setzt sich. Mager ragen ihre Schultern aus ihrem Shirt hervor. Die glatten langen Haare verbergen den größten Teil ihres Gesichts.

»Pasta. Wo bleibt deine Schwester?« Er stellt einen vollen Teller vor sie hin und einen halb vollen auf Kristas Platz ihr gegenüber. Er zerpflückt die Basilikumblätter für den Salat.

»Ich hab keinen Hunger«, sagt Krista, noch bevor sie die Treppe hinunter ist.

»Da«, verweist Ally, ohne aufzuschauen, auf ihre Schwester.

»Was da?«

»Da ist sie.«

»Sie?«

Krista wirft ihr Handy in den Korb auf dem Sideboard – Terris Regel – und setzt sich mit verschränkten Armen an den Tisch. David stellt seinen eigenen Teller hin, sein Glas, Wasser für die Kinder.

»Ich hab keinen Hunger«, wiederholt Krista, während sie mit einem Ausdruck, der am ehesten Wut gleicht, auf ihre Scampi starrt. Falsches Timing, denkt er. Gerade jetzt, da sie dabei sind, sich von ihm abzunabeln, ihre Identität in Opposition zu ihren Eltern abzustecken, gerade jetzt braucht er sie wie ein Schiffbrüchiger sein Stück Wrackholz. Kein Weg zurück, es führt kein Weg zurück. Wären sie doch wieder klein, wäre Terri doch noch hier, hätte er doch nur beizeiten das Steuer herumreißen können, keine Ahnung wann denn, keine Ahnung wohin denn, er dachte ja die ganze Zeit, sie seien auf Kurs – um diese lächerliche Metapher durchzuziehen. Er versucht, das mürrische

Gesicht seiner Ältesten zu ignorieren. Ally saugt eine Nudel ein.

»Lecker, Papa.«

»Schön, mein Spatz.«

»Darf ich aufstehen?« Krista sieht ihn gequält an.

»Nein.«

»Mir wird schlecht von diesem Geruch.«

»Ich möchte, dass du einfach einen Bissen isst.«

»Weil?«

»Ich habe nicht für nichts gekocht.«

»Hab dich doch nicht drum gebeten.«

»Du kannst nicht nichts essen.«

»Warum nicht?«

»Dann stirbst du.« Ally sagt das ganz ernsthaft.

Krista isst ein winziges Fitzelchen Petersilie. Sie denkt an Rafiks nackte braune Arme. Seine Haut schimmert, vielleicht schmiert er Öl drauf, sie denkt an das Schild vor dem Laden mit exotischen Sachen. *Marokkanische Seife, das flüssige Gold*. Rafiks Augen. Die Haare in seinem Nacken. Sie würde alles dafür geben zu wissen, was er denkt, sie ist sich sicher, dass alles, was er denkt, lohnend ist. Sie würde es vielleicht nicht verstehen. Aber bestimmt hat er viele Gedanken, erhabene Gedanken, und viele Gefühle, schöne Gefühle, keine so banalen wie sie selbst. Sie denkt daran, wie er getanzt hat, wie ihm die Dschellaba um die Beine wirbelte. Sie denkt an seinen Mund, seine Lippen, und ihre Lippen. Wie er sie küssen würde. Aber daran will sie nicht denken, nicht jetzt, später erst, wenn sie allein ist und ganz darin aufgehen kann, nicht hier, wo ihr Vater und ihre kleine Schwester dabei sind und den Gedanken mit ihrer Anwesenheit entreinigen – falls es das Wort gibt. Sie riecht die Scampi, sie riecht den Schweiß ihres Vaters, sie sieht die vom Öl glänzenden Spaghetti auf ihrem Teller. Seit ihre Mutter abgehauen ist, ist ihr Leben in den Augen anderer interessanter geworden. Nicht in seinen Augen, oder vielleicht doch auch in seinen Augen. Er sieht sie an, aber sie hat keine Ahnung, was er da sieht. Seine Augen, seine Augen. Nein, sie will nicht denken, nicht jetzt. Ally und ihr Vater haben ihre Teller ganz leer gegessen. Er hat Fett am Kinn. Ihre Mutter hat ihn verlassen. In einem Gespräch, das eigentlich nicht für Kristas Ohren bestimmt war, hat ihre Mutter gesagt, dass er sie anwidert. Ally wollte das nicht glauben, als sie es ihr erzählt hat, weinte aber trotzdem darüber. Ally ist ein Kind, die will nur, dass alles wieder gut wird, die hat noch keinen blassen Schimmer, dass die Ehe, eine Ehe, eine, wie ihre Eltern sie hatten, überhaupt nichts ist, worum man die Leute beneiden sollte. Sondern was Sterbenslangweiliges. Wenn ihr Vater wüsste, wie sehr Terri ihm zuwider sein müsste, wenn der wüsste, was sie weiß.

»Darf ich morgen bei Tirza schlafen?«

»Kann Tirza nicht bei dir schlafen?« Dutzende Male haben Terri und er sich darüber unterhalten, mit welcher untrüglichen Sicherheit man sie herauspicken kann, die Kinder aus zerrütteten Familien, und dass Ausnahmen die Regel höchstens noch bestätigen. Über Tirza, die viel zu frühreif ist, raucht und trinkt und sich hinter dieser ungerührten Miene versteckt. David erinnert sich nicht, dass sie darüber je unterschiedlicher Meinung waren. Bei Sev ist alles anders. Sie bemüht sich, dem Thema einen neuen Stellenwert beizumessen, in ihrem Freundeskreis gibt es lauter alternative Familien und Scheidungen mit gutem Ausgang. Doch das stimmt ihn nur noch trauriger, auch ihre Beispiele, denn er glaubt so sehr daran, hat immer von ganzem Herzen so daran geglaubt, er weiß nicht, wie sonst als unter ein und demselben Dach sich Kinder zu Hause fühlen sollen, wie sonst als im Gespann man Kinder großziehen sollte, wie die Liebe funktionieren könnte, wenn der Verbund aus den Fugen ist. Er kann sich seine Zukunft nicht anders vorstellen denn als gähnenden Abgrund am Ende seines Auftrags, sie im Erwachsensein abzuliefern.

»Warum darf ich nicht bei ihr schlafen?«

»Ich sage nicht, dass du das nicht darfst.«

»Also darf ich?«

»Ich möchte lieber, dass sie hier schläft.«

»Why?« Gedehnt, in dieses Wort passt mehr Widerwillen als in ein Warum.

Krista raucht nicht, da ist er sich sicher. Und sie trinkt auch nicht, da ist er sich auch sicher. Er muss jetzt doppelt so streng sein. Er möchte doppelt so lieb sein. Wie kann jemand eine gute Mutter sein und das eines Tages einfach bleiben lassen? Was ist ihm entgangen?

»Ich vertraue ihr nicht.«

»Du vertraust mir nicht.«

»Ich vertraue ihr nicht.«

»Wenn ich nicht bei ihr schlafen darf, vertraust du mir nicht.«

»Ich vertraue dir sehr wohl.«

Kurz bevor Terri dann wirklich das Haus verließ, ihn

verließ, sie alle verließ, führte sie in ihren Gesprächen auf einmal neue Ausdrücke ein, Aufrichtigkeit zum Beispiel nannte sie auf einmal *sincerity*. Dadurch war ihm klar, dass das nicht von ihr selbst stammte. Dass es von *ihm* stammte. Mit wem redete er nun eigentlich?

»Und? Also?«

»Was?«

»Pap!«

»Ja!«

»Wir gehen nicht aus.«

»Was macht ihr denn dann?«

»Nichts Besonderes.«

»Was heißt nichts Besonderes?«

»Was weiß ich. Nichts Besonderes. Chillen. Quasseln. Netflixen.«

»Nicht rauchen.«

»Okay.«

»Nicht trinken.«

»Okay.« Wie leicht sie ihn beruhigen kann. Wie naiv Eltern sind.

David räumt den Tisch ab. Ally stellt alles in die Geschirrspülmaschine. Er gießt sich den Rest Wein aus der Flasche in sein Glas. Der Flasche, die mittags noch voll war. Vor einem oder vielleicht zwei Jahren beschloss Terri, dass wochentags kein Alkohol mehr getrunken werde. Das war kein Vorschlag, und das galt nicht nur für sie selbst. Auch wurde ihm der Beschluss im Übrigen gar nicht vermittelt, sondern war mit einem Mal da und wurde angeführt, als sei das Fakt. *Nein, heute ist Mittwoch*, konnte sie sagen, wenn er fragte, ob sie ein Glas Wein wolle, und zwar so, dass er dachte, *ach ja, heute ist Mittwoch*, und selbst auch keinen Wein nahm, sondern an der Spüle ein Glas Wasser trank, wie um sich vorzumachen, dass sein Gedanke etwas mit Durst zu tun hätte. Wie kann es sein, dass er nicht protestierte und kein Problem darin sah, nie wirklich einen Gedanken daran verschwendete, sondern manchmal heimlich in der Küche ein Glas Wein trank oder auf dem Nachhauseweg ein Glas Bier in einer Kneipe. Heimlich. Wie kann es sein, dass diese Dinge jetzt erst für Verwunderung sorgen? Wie kann er Sev erklären, wie so etwas funktioniert, wie funktionierte, wer er war – wer er vielleicht immer noch ist, doch nun verloren in zu viel Freiraum.

Er nimmt eine Packung Vanillepudding aus dem Kühlschrank, Pudding wird sie doch wohl essen, er wird Frühstücksflocken daraufstreuen …

»Krista!« Unendlich träge hebt sie den Blick. Sieht ihn an.

»Ja?«

»Hast du den Pudding aufgegessen?« Die Packung ist leer, sie stand leer im Kühlschrank.

»Ja.«

»Warum?«

»Es war nichts anderes da!«

»Wie meinst du das: Es war nichts anderes da?«

»Manno, wie kann ich das sonst meinen als genau so, wie ich es sage!« Dieser Blick, dieser tranige Augenaufschlag, diese totale Teilnahmslosigkeit. Er würde sie am liebsten anschreien. Dass er verdammt noch mal alles für sie tut. Dass sie früher so lieb war. »Ich geh nach oben.« Er sagt nichts, lässt sie gehen, schaut ihr nach, ihrer schlaksigen Gestalt, halb Kind, halb … ja, was eigentlich? Er versucht ein zweites Mal, sich den Rest Wein aus der Flasche ins Glas zu gießen.

»Ich brauche keinen Nachtisch.« Ally schmatzt ihm einen flüchtigen Kuss auf die Wange und verzieht sich ebenfalls. Keine zwanzig Minuten, nachdem sie heruntergekommen sind, hocken sie wieder oben. Er leckt mit dem Finger den Pfannenrand aus und macht die Espressomaschine an. Aufzuckende Erinnerung an eine Diskussion über diesen Apparat. Bloß nicht. Bloß nicht wie ein Idiot alles abgehen, das Aufgebot von Alltagsfragmenten, das eine Ehe ist. Er nimmt sein Telefon aus dem Korb, das er mechanisch dort hineingelegt hat, wie er sich wohl tausend Dinge nie mehr abgewöhnen wird.

Drei Nachrichten. Er liest nur die von Sev. Morgen Abend geht er zu ihr, in das kleine Appartement mit der phänomenalen Aussicht. Sie schenkt ihm ein Glas Wein ein. Sie heißt ihn, sich ins Bett zu legen. Sie zieht sich aus, nicht sinnlicher, als es der Akt selbst ist. Sie lässt ihrer Begierde freien Lauf. Sie macht Sachen, die Terri nicht machte. Er vergeht zuerst vor Scham, und dann lässt er sich von seinem zeitweiligen Glück packen. Morgen.

»Pap?« Er fühlt sich ertappt.

»Ally?«

»Ich gehe noch kurz zu Isabel.«

Sie nimmt ihren Tennisschläger. Zieht die Haustür hinter sich zu. Geht auf dem schmalen Streifen Schatten an den Häusern entlang, hüpft über die weiß-rosa Kritzeleien auf dem Gehweg. Es ist heiß, schon so lange, dass es einem endlos vorkommt. Wegen der Blaualgen kann im Wasser in der Nähe von ihrem Haus nicht gebadet werden. Wegen der Zustände fahren sie nicht in Urlaub. Es ist der seltsamste Sommer, den sie je hatte. Sie lässt ihren Tennisschläger bei jedem Schritt mit dem linken Bein auf ihrem Knie abprallen. Wenn man alle Stunden, die sie den Tennisball gegen die fensterlose Wand der Schule geschlagen haben, aneinanderkleben würde, käme man auf eine Woche ununterbrochenes Tennisspiel. Sie stellt es sich vor. Dann müsste der Ball Licht haben, oder vielleicht könnte man fluoreszierende Farbe draufmachen, aber die würde vielleicht nicht lange genug für die ganze Nacht leuchten, oder man würde die Leuchtschicht vielleicht runterschlagen. Isabel und sie rechnen immer alles Mögliche aus, wie zum Beispiel, wie viele Stunden sie zusammen verbracht haben, oder wie viele Minuten sie bist jetzt gelebt haben, aber das Komische bei lebenden Wesen ist ja, dass sich die Summe schon geändert hat, während man noch zusammenrechnet. In letzter Zeit will Isabel meistens nicht, weder Tennis spielen noch etwas ausrechnen, sondern sie will quasseln. Aber Ally weiß nicht, was sie sagen soll, denn meistens geht es um Jungs oder um Schauspieler aus *Oases Parcs*, die Ally nicht auseinanderhalten kann, weil sie sich das nicht oft genug anguckt, denn sie weiß wirklich nicht, was man daran gut finden soll. In der Schule tut Isabel meistens so, als wäre Ally gar nicht da. Hier in der Straße und auf dem Platz sind sie dauernd voneinander enttäuscht. Sie denkt an früher, an eine bestimmte lila Bluse von Mama, die so weich an ihrer Wange war, wenn sie auf Mamas Schoß lag, sie kann sich fast nicht mehr vorstellen, dass sie da mal lag, dass sie mal genau einen Meter groß war, der Strich an der Wand neben der Wohnzimmertür ist der Beweis, fünf Jahre, genau hundert Zentimeter. Als Terri sagte, dass sie weggehen würde, weil das Leben mit ihnen sie ersticke, als sie das sagte und Ally beschloss, sie nicht mehr Mama zu nennen, stand ihre Mutter neben diesem Meterstrich, neben der Markierung von Ally als Fünfjähriger. Das war ich, ich war dort, ich war irgendwann mal genau das Stück unter dem Strich, dachte sie. Wie kann man eine Erinnerung bewahren, die nur ein Gefühl ist? Das ist wie einen Vogel fangen, und wenn man ihn gefangen hat, kann man ihn sich gut anschauen, aber was ihn zum Vogel macht, kann er dann nicht mehr tun. Wie sehr sie zu ihrer Mutter gehörte, früher, verbindet sich mit der lila Geschmeidigkeit dieser Bluse. Dadurch dass Terri nicht da ist, muss sie außer über sie auf einmal auch über ihren Vater nachdenken, ihren Vater, der in der Küche heimlich weint. Sie läuft am Haus von Isabel vorbei zum Platz bei ihrer alten Schule. Ihn nennt sie Papa, ihn schon. Sie lässt sich trösten, auch weil ihn das tröstet. Auf dem Mäuerchen schräg gegenüber hocken die Jungs, die da immer hocken. Marokkaner, sagt Krista, Afghanen, sagt Isabel. Ally weiß nur, dass diese Länder nicht gerade nebeneinanderliegen. Sie legt zwei Tennisbälle zu ihren Füßen hin und schlägt den dritten gegen die Wand. Hoch, tief, ein Aufpraller, kein Aufpraller. Ihr Pferdeschwanz tanzt auf ihrem Rücken.

In ihrem Haus um die Ecke wischt David den Fußboden auf, er denkt an die Theorie von Kahneman, wonach man einen Lebensabschnitt, wie etwa eine Ehe, nicht mehr so sehen kann, wie er wirklich war, weil sich sein Ende auf das mit ihm verbundene Gefühl auswirkt. Über ihm begutachtet Krista mithilfe des Spiegels aus dem Flur und des Spiegels, der auf der Innenseite ihrer Schranktür angebracht ist, ihren Po.

Auf der anderen Seite des Wassers, in der spartanisch eingerichteten Mietwohnung in derselben Straße, in der sie als Studentin wohnte, rasiert Terri sich die Beine. Sie liebt diese rituelle Form der Vorbereitung, sie hat schöne Beine, eine gute Haut. Sie trimmt ihr Schamhaar zu einem straffen Ganzen. An diesem Nachmittag hat sie einen zweiten Brief an Krista angefangen, der der endgültige Gnadenstoß sein wird, doch das weiß sie noch nicht, sie glaubt jetzt noch, es wäre ein guter Zug, ihrer fünfzehnjährigen Tochter alles zu erklären. Sie kann immer noch nicht ermessen, wie groß der Scherbenhaufen ist, und weiß nicht, dass sie mit allem, was sie unternimmt, um die Wogen zu glätten, nur noch mehr Öl ins Feuer gießt. Es ist alles eine Frage der Zeit, denkt sie, eine Frage der Zeit, bis sich alles zu etwas Neuem fügt, etwas Ruhigem, dem Leben, wie sie es sich vorgestellt hat, so wie Tausende Menschen es tun. Getrennt, aber mit Anstand; angeschlagen, aber am Leben; unter Wahrung von Liebe und Fürsorge für die Kinder, aber losgelöst von der Familie, zurück zum Sein als Individuum. Verantwortlich, aber frei. Sie reibt ihre Beine mit Öl ein, Bauch und Busen mit Vitamin-E-Creme,

Gesicht und Hals mit etwas anderem, und auf Lippen und Augenlider kommt wieder etwas anderes, ein Vermögen hat sie für all das ausgegeben, früher hat sie sich so etwas nicht genehmigt.

Manchmal bespringt sie die Angst, dass alles ein Irrtum ist, wie aus dem Nichts taucht eine Erinnerung auf, David mit fünfundzwanzig, dreißig, wie verliebt sie in ihn war, obwohl, sie? Die Terri, die sie damals war, ist ganz weit weg, wie kann man sich seines jüngeren Selbst anders denn als Traumbild erinnern? Sowie sie es näher heranzuzoomen versucht, verliert es gänzlich seine Gestalt. Sie bekämpft solche Momente effektiv damit, dass sie den Fokus auf das Individuum richtet, das sie jetzt wieder ist, auf den Körper, den sie hat, auf das Verlangen, von dem sie sich leiten lässt. Oder sie konzentriert sich kurz, aber intensiv auf den neunundvierzigjährigen David, der vor allem und jedem Schiss hat, der seine Führungsposition zurückgegeben hat, der in einem Stau klaustrophobische Anwandlungen kriegt, der nach dem Essen auf dem Sofa einschläft, der schon seit fünfundzwanzig Jahren die gleiche Sorte Hosen trägt und die gleichen Witze macht. Wenn sie sich darauf verlegt, verflüchtigt sich das Gefühl, dass sie einen Fehler gemacht hat, dann spürt sie wieder, von welcher Last es sie befreit hat, David zu verlassen. Dann gehen ihre Gedanken nahtlos zu Lucas über, der gleich kommen wird, der Davids Meinung nach die Ursache ist für *das ganze Unglück*, womit er nur sein eigenes Unglück meint. Lucas war höchstens der Katalysator. David fing an zu schreien, als sie das Wort gebrauchte.

Er, der Katalysator, holt unterdessen seine Anzüge von der Reinigung ab, er weiß nichts von dem Geschrei, das ihm kaum zusagen würde, nicht, weil es dabei um ihn geht, sondern weil er schreiende Menschen abstoßend findet. Etliches, woran die meisten Menschen glauben, ist für Lucas völlig belanglos: große Emotionen, die romantische Liebe, die Ehe, Gleichberechtigung, Gewaltlosigkeit, Demokratie. Er nimmt die Treppe in seinem Haus mit zwei Stufen gleichzeitig, hängt die Sachen in den Kleiderschrank und wirft diesen mit einer Bewegung aus dem Handgelenk zu, die ihm zugleich den Schwung gibt, eine perfekte Drehung auf dem linken Absatz zu vollführen. Vital, so fühlt er sich. Er schaut in den Spiegel und ist zufrieden mit seinem gut aussehenden kantigen Gesicht, nur noch sehr selten denkt er an früher, als er ein pummeliges und etwas außenseiterisches Kind war. Er weiß nichts von den Streitereien zwischen Terri und David, aber er kann sie sich ausmalen. Er kann es, aber er tut es nicht. Zu wissen, dass sie diese ganze Familie an den Hacken hat, einen bösen Mann, zwei böse Töchter, gemeinsame Konten und Schulden, eine völlig verschmolzene Einrichtung, bereitet ihm Unbehagen. Er will nichts mit diesem Erbe zu tun haben. Er geht die Treppe wieder hinunter, die Sonne fällt in seine Küche herein, eine Küche, in der nur sehr selten gekocht wird, er denkt an Terri und spürt, wie sein Körper reagiert, sie hat etwas Ruppiges an sich, etwas Raffgieriges, etwas, was sich nicht entspannt, er findet das sehr anziehend.

Heute Morgen war er bei einer Prostituierten, das wird er Terri nicht erzählen, an Offenherzigkeit glaubt er auch nicht. In einer etwaigen Diskussion würde er zu Terri sagen: Genau deswegen ist deine Ehe jetzt hinüber, nach fünfundzwanzig Jahren ist dir endlich aufgegangen, dass es fatal ist, sich gegenseitig zu besitzen, Verfügungsgewalt über das Leben des andern, das Sexualverhalten und die sexuellen Phantasien zu haben. Wenn du dich selbst hergibst, bleibt nichts von dir übrig. Terri würde das Gespräch nicht als Gespräch führen können, sie würde nur spüren, wie sehr sie sich hergegeben hat, und fürchten, dass sie ihm, Lucas, nicht vertrauen kann, und in dem unwirtlichen Gebiet zwischen dem einen und dem andern, zwischen Zusammen- und Alleinsein, nicht wissen, was sie sagen soll. Er trinkt ein Glas Wasser. Das Bequeme an einer Hure ist, dass man kauft, was man verlangt, und dann ohne Verpflichtungen wieder zur Tür hinausspaziert. Er geht nicht zu sichtbar drogenabhängigen oder kranken oder zu billigen Frauen. Als Kunde ist er beliebt, glaubt er, er ist sauber und gut aussehend und anständig im Umgang. Er schiebt immer die gleiche Nummer, Blowjob und Ficken, am liebsten anal. Er fühlt sich souverän und erfrischt, wenn er danach wieder draußen steht.

An diesem Abend kühlt es in der Stadt kaum ab. David starrt mit weit geöffneten Augen in das Dunkel seines Schlafzimmers und denkt an alles, was ihm bevorsteht, an alles, was auf seinen Schultern lastet, an die Familientherapeutin, die sie auf eine Warteliste gesetzt hat, an die Sinnlosigkeit seiner Wut darüber, einer Wut, die nichts bewirkt. Gerade als er ganz kurz von all den Pflichten zum morgigen Tag abgeschweift ist, da er extrafrüh zur Arbeit aufbrechen wird, um vier Uhr schon, wenn es ihm gelingt, und extralange bei Sev sein kann, bis nach Mitternacht, seinen Kindern wendet er eine Party vor, gerade als er mit seinen Gedanken kurz dort bei ihr ist, bei ihrem butterweichen Leib und ihrem scharfen Geist, da er die wundersame Wahrnehmung hat, endlich er selbst zu sein, obwohl dieses Selbst jemand ist, den er kaum kennt, schreckt ihn ein Schrei auf. Ally, seine Wachsamkeit ist wieder mobilisiert. Albträume, fügt er der Liste seiner Sorgen hinzu. Nachdem er eine Weile auf das Gesicht seiner schlafenden Tochter geblickt und die Tür behutsam wieder hinter sich geschlossen hat, sich wieder nach oben, wo es wärmer ist als sonstwo, begeben und das Betttuch über seinen verschwitzten Körper gezogen hat, nimmt er alles von Neuem durch: Allys Albträume, Kristas Hausaufgaben, Kristas Weigerung, noch mit Terri zu sprechen, die Scheidung, die geregelt werden muss, Anwälte, Unterhalt, Hypothek, Sorgerecht, Weihnachten, Urlaub, ihre Eltern – wie gehört sich so was, ist dieser Kontakt von nun an ihre Verantwortung? –, die Therapeutin, Terri zur Mitwirkung bewegen, solange sie auf der Warteliste stehen. Eine Therapeutin, hat sie gefragt, und was erwartest du dir davon? Ruhe, hat er gesagt. Und sie sah ihn mit angewidertem Gesicht an. Er wünschte, sie wäre tot, mit geballten Fäusten liegt er im Bett, er wünschte, sie wäre tot und er Witwer.

Terri auf der anderen Seite vom Fluss versucht sich zu entspannen, bei den Zehen angefangen und dann aufwärts, sie muss ihre Aufmerksamkeit auf ihren Körper richten und nicht auf den von Lucas, der neben ihr atmet und unter dem sie wieder liegen möchte, sie hat das Gefühl, dass nur das Gewicht seines Körpers sie ruhig machen kann. Lucas hat für seine Verhältnisse viel Wein getrunken und atmet schwer. In seinem Dämmerzustand denkt er daran, dass er morgen früh, sobald sie beide wach sind, wieder mit ihr vögeln wird, er fragt sich, ob sie alles zulassen würde, er denkt an ihre kleinen, muskulösen Pobacken.

Ally träumt, dass sie in einer Menschenmenge verloren gegangen ist, durch die Panik anderer, die sie nicht kennt, halb abgedrängt und von irgendjemand umgerannt wird.

Krista ist aufgewacht, vielleicht von Allys Schrei, obwohl sie nichts davon weiß, und schiebt die Hände zwischen ihre Beine. Sie denkt an Rafik, mit vagen Gewissensbissen, als könnte sie es sich damit bei ihm verscherzen. Bis vor Kurzem hat sie nie an Jungs gedacht, wenn sie das machte, sondern es war immer eine rein körperliche Empfindung, ohne dass die etwas mit anderen Menschen zu tun hatte, und jetzt, da es zu etwas geworden ist, was mit Verliebtheit und Verlangen verknüpft ist, hat sie den Eindruck, dass sie etwas Wichtiges gelernt hat.

Sev ist allein zu Hause, sie hat bis halb zwei gearbeitet. Sie wünschte, David würde bei ihr liegen, doch ihre Phantasie gerät ins Stocken, als sie sich auszumalen versucht, wie eine Zukunft mit ihm aussehen sollte.

Sie denkt an Männer, mit denen sie zusammengelebt hat, Felix, später Johan, sie denkt an Ernst und an die Zeit, da er mit ihr und Hendrik hier wohnte. Oft lag sie im Bett wach und dachte daran, dass sie nun für immer neben ihm würde schlafen müssen. Dann stand sie auf und schlich sich aus dem Schlafzimmer, um in der Küche zu lesen oder zu arbeiten, bis Hendrik wach wurde und trinken wollte. Wenn Ernst zur Arbeit war und Hendrik in der Krippe, schlief sie. Als sie sich trennten und er auszog, war sie erschöpft, enttäuscht auch, von sich selbst, sie hatte verloren, wenn auch eine leise Stimme in ihr sagte, dass sie wohl nicht den richtigen Gegenspieler gehabt hatte. Ernst sagte, dass er es für Hendrik am schlimmsten finde, Sev sagte, dass Kinder nicht mit bürgerlichen Idealen zur Welt kämen. Ernst sagte, dass es ihm nicht um das bürgerliche Ideal gehe, sondern um das romantische Ideal. Sev sagte, dass Romantik eine Hollywood-Doktrin sei. Darauf hat Ernst sie so traurig und so mitleidig angesehen. Wenn du wüsstest, wie romantisch ich bin, hat Sev gedacht, sagte es aber nicht, weil sie sich nicht sicher war, dass das auch stimmte.

Seit Hendrik da ist, ist sie von Familien umringt. Sie beobachtet diese in dem Bemühen, den berühmten Satz Tolstois zu widerlegen. Anfangs ging sie noch davon aus, dass er zutraf. Und wenn es also zutraf, dass alle glücklichen Familien einander gleichen, schien ihr, dass es eine Formel gebe oder eine geheime Zutat, über die alle diese glücklichen Familien verfügten. Sie glaubte, dass sie mit diesem Ansatz nur zwei glückliche Familien näher kennenzulernen bräuchte, um die Rezeptur ausfindig zu machen. Sie fragte sich, ob glücklich sein bedeutet, dass sich die eigenen Wünsche mit der Wirklichkeit decken oder dass man beständig tiefe Freude empfindet, oder ob Glück vor allem ein Zustand der Geistesabwesenheit ist, in dem diese einem nichts ausmacht. Und dann begriff sie, dass »glücklich« und »Familie« an sich schon eine ziemlich problematische Kombination ist. Kann eine Familie glücklich sein, wenn die individuellen Mitglieder dieser Familie es nicht sind? Oder andersherum? Was bedeutet das Glück einer Familie, wenn man davon ausgeht, dass es nicht nur in Begleitumständen wie Wohlergehen und Gesundheit liegt? Ist es nicht eher etwas im Individuum, was ihn oder sie dazu befähigt, das Glück im Familienverbund zu finden? Sie sah genauso gut auch die Einförmigkeit des Unglücks: die Verbitterung, den Mangel an Freiraum, Anerkennung, Zärtlichkeit. Sie dachte: Sowohl das Unglück wie das Glück scheinen überall gleich zu sein. Bis man genauer hinschaut. Vielleicht hat Tolstoi selbst auch nicht im Gespür gehabt, dass dieser Satz so ikonisch werden könnte, denn er ließ sich genauso gut als ein schlampiger Aphorismus lesen, doch er wird eben bei jeder passenden oder unpassenden Gelegenheit zitiert, auch außerhalb der Literatur, wodurch die These, dass die Geschichte glücklicher Ehen kein dickes Buch ergibt, oder kein gutes Buch, überhöht wird; wodurch es den Anschein hat, als habe Tolstoi hier wirklich eine bedeutsame Wahrheit in Worte gefasst.

David hatte eine glückliche Familie. Und fünfundzwanzig Jahre lang eine gute Ehe. Terris Auszug nennt er eine Naturkatastrophe. Sein Unglück ist, dass er ihn nicht verwinden kann, während Sevs Unglück ist, dass sie sich nie der glücklichen Familie hingeben konnte. Er ist möglicherweise genau das Studienobjekt, nach dem sie auf der Suche ist.

Der Herbst davor

Ungenutztes Potenzial

Die Besorgungen sind bis in die Küche getragen worden, an der Tafel neben der Spüle hängt der Speiseplan für diese Woche, heute ist Dienstag, und der jede Begeisterung tötende Auftrag an sie lautet Hühnchen mit Bohnen und Kartoffeln, Allys Leibgericht. Wenn sie sich über dieses System beklagt, sagt David, sie habe es sich selbst ausgedacht, er habe diese Schultafel in ihrem Auftrag dort angebracht. Als dürfe man sich nicht an den eigenen Einfällen stören, das schon mal vorneweg, aber vor allem ist es Terri ein Bedürfnis zu sagen, dass er daran schuld ist, dass sie sich das ausgedacht hat. Dass er der Verursacher der endlosen Verkleinerung ist, die in ihr stattgefunden hat.

Kris und Ally sind oben und machen Hausaufgaben. Sie kann nicht fordern, dass sie sich zu ihr an den Küchentisch setzen, über dieses Stadium sind sie längst hinaus, und ihre Noten sind zwar eher mittelmäßig, aber sie haben nirgends ein Ungenügend, sie bleiben nicht sitzen. Wie kalkuliert Krista keinen Schritt mehr tut, als sie braucht, macht sie wahnsinnig; im Lehrstoff steckt schon kein Gran Ehrgeiz, und in Krista erst recht nicht.

Während sie die Boxen ausräumt, denkt sie darüber nach, wie die Jugendlichkeit aus ihrem Körper geschwunden ist und wie ihrem gemeinsamen Leben die

Bestrebungen abhandengekommen sind. Es läuft doch gut, es läuft doch alles gut, sagt er. Zusammenleben, denkt sie, ist das beständige Weiterwaten Richtung Mitte des gemeinsamen Teichs: untief, lau, mit sumpfigem Grund. Nur die persönlichen Besonderheiten, die dem allgemeinen Interesse dienen, haben dort Platz. Dass sie gut mit wenig Schlaf auskommt, hat die Zeit, als ihre Töchter Babys waren, für alle versüßt, aber neuerdings macht es sie zu einer Art Deserteurin, dass sie manchmal die halbe Nacht auf ist.

Sie klappt die Boxen zusammen und stellt sie in den Flur. Lucas' Meinung nach sieht sie gut aus, nicht einfach nur ganz gut, sondern außergewöhnlich gut, objektiv gut. David hat in diesen fünfundzwanzig Jahren nie zu ihr gesagt, dass sie gut aussieht. Er hat sie beruhigt, wenn sie einen Anfall von Unsicherheit hatte, aber nicht, indem er ihr widersprach, sondern vielmehr zeigte er Verständnis dafür, womit er im Grunde unterstrich, was ihr Probleme machte. Und dann tätschelte er sie, als wollte er sagen, dass das nicht schlimm sei. Durch Lucas hat sie einen anderen Blick auf sich selbst gewonnen. Vielleicht sieht sie tatsächlich gut aus. Vielleicht ist das einer von vielen Aspekten ihres ungenutzten Potenzials. Sie geht die Treppe hinauf, vorbei an den einander gegenüberliegenden Zimmern von Krista und Ally, Kristas Zimmer ist eine Räuberhöhle, ein Ort, wo in den Klischees der Pubertät geschwelgt wird, ohne in irgendeiner Weise über sich hinauszuwachsen. Allys Zimmer ist noch ein Kinderzimmer, voller Spielzeug und Puppen und Bastelkram, aufgereiht nach eigenen Ordnungsprinzipien. Terri redet mit Lucas nicht nur über ihre vermeintliche Schönheit, er hat auch ein Händchen dafür, an allem zu rütteln, was sie für wahr hält, und so ihr Denkvermögen herauszufordern. Er ist Nihilist, das sagt er selbst, er nimmt nichts an, und er lehnt alles, was nach Pflicht riecht, kategorisch ab. Manchmal lässt er in Bezug auf ihr Leben jede Zurückhaltung fallen. Er versteht nicht, wieso sie weiterhin an ihrer Familie kleben bleiben sollte, wenn diese Familie sie niederhält. Er findet, in ihrer Situation sei die Entscheidung, nicht zu handeln, genauso sehr ein Statement. Das einzige Lebensziel sei die Selbstverwirklichung, zitiert er Wilde oder Sartre oder wen auch immer. Lucas hatte auf eine vollkommen selbstsüchtige Weise Sex mit ihr, die sie rein theoretisch verabscheut, die sie aber in der Praxis aufgerichtet hat, emotional, physisch. Sie wurde wachgerüttelt, seine Rohheit riss einen Wall ein, der den Zugriff auf eine ganze Dimension ihres Daseins verwehrt hatte. Sie geht nach oben weiter, in ihr ockergelb gestrichenes Schlafzimmer, mit dem Bett, in dem sie nachts auf Davids Atmung horcht, mit jedem Atemzug von ihm spürt sie, wie der Sauerstoff im Zimmer, der für sie übrig bleibende Raum abnimmt. Sie zieht ihre Laufsachen an. Den Mädchen gibt sie nicht Bescheid, was sie vorhat, es dürfte sie ohnehin nicht interessieren, da ihr Lauftraining ja als albernes Hobby betrachtet wird, auch von David, für den es so gut wäre, wenn er ihrem Beispiel folgen und auch mal was für sich tun würde. Er hat um die Mitte herum Speck angesetzt, was umso mehr auffällt, als er von Natur aus schlank ist, er schnarcht, und seine Erektion gelangt nicht zur vollen Stärke. Sie müsste strikte Maßgaben für ihn aufstellen. Er würde sie sogar befolgen, denn er ist ein Mensch, der sich gern an Regeln hält. Sie bindet ihre Haare zusammen, streicht sich über beide Knie, geht die Treppe hinunter.

In der Diele steht David und zieht sich die Schuhe aus.

»Nanu, du bist schon da?« Sie denkt an ihr auf dem Tisch liegendes Handy, worauf sich Nachrichten von Lucas befinden, sie hat nie was davon gelöscht, liest sie noch einmal, wenn er ihr mal nicht schreibt. Einen Moment lang hofft sie, David möge sie lesen, doch David hat zu viel Anstand, um das zu tun. Er würde sie erst lesen, wenn er dafür nicht gegen irgendetwas zu verstoßen bräuchte, auch nicht gegen die guten Sitten. Sie sieht auf einmal doch die Möglichkeit, es ihm auf diese Weise nahezubringen, ihn zufällig dahinterkommen zu lassen, einen Brief herumliegen zu lassen, ihre Mail geöffnet zu lassen, eine Nachricht, bei der nicht sofort ersichtlich ist, dass es sich um verbotenes Terrain für seinen Blick handelt, deren Inhalt aber so fesselnd ist, dass er sich nicht mehr von ihr lösen kann, wenn er das erst mal realisiert hat. Sie muss es ihm sagen. Aber was muss sie ihm sagen? Es wäre eine Vereinfachung, eine Banalisierung der Wirklichkeit, wenn er denken würde, sie sei verliebt, sie sei einfach nur in jemand andern verliebt.

»Ja.« Er gibt ihr einen Kuss, gedankenlos, und geht in die Küche.

Er ist müde. Er ist gut in seinem Beruf. Er ist scharfsinnig, analytisch, integer. Es liegt ihm nichts daran zu glänzen, er ist der ideale zweite Mann. Er wird geschätzt, sieht, dass sein Einsatz von Belang ist, bekommt ein prima Gehalt. Er ist froh, dass er zu Hause ist und dass Terri gerade jetzt joggen geht, er somit noch nicht gleich mehr Energie vorzutäuschen braucht, als er hat. Er beginnt damit, die Stielansätze von den Buschbohnen abzuschneiden. Seine Mutter machte das mit einem Messer, Terri macht das mit einem Messer, er kommt sich fast wie ein Verräter vor, dass er die viel schnellere Methode mit der Schere wählt. Er lässt die Bohnen im Wasser stehen und schrubbt die Kartoffeln ab. Zwar kocht Terri heute, aber so ist schon mal die Hälfte für sie erledigt. Er lechzt nach etwas Alkoholischem. Von oben kommt Musik. Er stützt sich mit den Händen auf dem Tisch ab, müde, antriebslos, aber auch wie die Imitation eines bedeutenden Mannes, der gleich den Kopf heben wird, um sich an den voll besetzten Konferenzraum zu wenden.

Als Terri vom Laufen zurückkommt, steht er immer noch dort. Oder wieder. Sie blickt auf seine Socken, seine dunkelblaue Hose, das weiße Oberhemd, das nicht wirklich gepflegte Haar. Sie sieht, dass er das Essen vorbereitet hat, um ihr einen Gefallen zu tun natürlich, doch für sie hebt das die Aufgabenverteilung nur noch mehr hervor, die Produktionseinheit, die sie verkörpern, die gut geschmierte Maschine, deren Funktionieren zum Selbstzweck geworden ist. *Wir müssen reden*, hallt die Stimme in ihrem Kopf. Wenn es nur nicht so ein tödlicher Satz wäre, so ein himmelschreiendes Klischee, mit diesem Satz einzuleiten, was sie sagen will. Als wüsste sie, was sie sagen will. Kris hat laut Musik an, zu laut, eine Provokation.

»David.«

»Terri.«

»Ich esse nicht zu Hause.«

»Was?« Er bleibt so stehen, die Hände auf der Tischplatte. »Warum nicht?«

»Ich muss mal eben … raus.«

»Raus, aus was?«

»Ich muss mal eben etwas machen.«

»Etwas machen. Wovon redest du? Was musst du machen?«

»Etwas. Anderes. Etwas anderes.«

Er dreht sich um und sieht sie an, die schiefe Furche über seiner Nase könnte nicht tiefer sein. Sie sieht ihn an. Sie hat ihren einen Fuß hinter dem Gesäß gefasst und dehnt die Oberschenkelmuskulatur. Wie ein Reiher auf einem Bein fixiert sie mit ihrem Blick die Beute, ihn, bereit, abgemurkst zu werden.

»Und das sagst du jetzt.«

»Ist mir gerade erst in den Sinn gekommen.«

»Beim Joggen?«

»Ja.«

Vor ein paar Monaten waren sie ohne die Kinder in Berlin. Sie haben miteinander geschlafen, und das nicht auf ihre rituelle Art. Sie haben geredet, und es waren richtige Gespräche, mit einem Minimum an praktischem Informationsaustausch, sie haben sich betrunken, er konnte sie zum Lachen bringen, sie haben sich schöne Sachen angesehen, sich die Zeit dafür genommen, für Architektur, Malerei, Film, füreinander. Sie sind zusammen eingeschlafen. Das war eine Auffrischung der Liebe. Als er jetzt auf ihren Mund schaut, ihren Blick sieht, das leicht erhobene Kinn, streitlustig, auf den Gegenangriff wartend, ist wenig davon übrig. Was hat sie noch gesagt? Dass sie etwas machen müsse, aber nicht, was.

»Du musst weniger irgendwohin, als vielmehr von hier weg, ja?«

»Ja.«

Okay, denkt David, das kann sein, das muss sein können. Er will mit warmer, tiefer Stimme sagen, dass das doch völlig in Ordnung sei, dass sie das nicht zu erklären brauche, und ihr einen schönen Abend wünschen.

»Heute bist du dran«, sagt er, mit einer minimalen Kopfbewegung Richtung Schultafel.

»Du kannst das ohne Weiteres eben selbst erledigen.«

Wenn er wenigstens den Eindruck hätte, dass ihr diese Rennerei Spaß macht, aber es ist nichts als Disziplin und Ehrgeiz, und meistens ist sie mürrisch, wenn sie zurückkommt. Ja, wenn er jetzt so darüber nachdenkt, ist sie immer böse, wenn sie gejoggt ist. Als staue sich ihre unterschwellige Wut durch die Anstrengung zu etwas Greifbarem auf.

»Bist du böse auf mich?«

Nach langer Stille und mit leichtem Zögern sagt sie Ja. Und das ist nicht der Beginn eines Gesprächs, da ist nur eine tiefe Kluft zwischen ihnen, in der ihr *Ja* nachhallt. Als sie gerade frisch zusammen waren, hatte er einen Rivalen, Richard, ein Musiker, ein extravaganter Typ, viel spannender als er, aber David und sie lasen die gleichen Bücher, und Richard machte sie verlegen, während sie durch David selbst extravagant wurde. Es gefiel ihr, wie sie sich gegen seine Gediegenheit abhob, wie David ihr Raum gab, aber auch die Garantie, dass sie aufgefangen werden würde, wenn sie fiel. Sie erinnert sich an den ersten Abend, an dem er bei ihr blieb, an seine Berührungen, dass er zwischen Begierde und Vorsicht schwankte. Dass sie leise *nur zu* flüsterte. Dass er wochen-, monate-, jahrelang genau richtig war, sanft und stark, geistreich und ernst. Wie sie ihn allmählich kennenlernte, seine Geschichte, seine Denkart. Wie sie gemeinsam in etwas Neuem aufgingen. Altes ablegten, wie Schlangen ihre Haut abstreiften, einander in der Mitte trafen, ihr Glanz verliehen, an der gemeinsamen Geschichte bauten, an der Familie, am Projekt. Dass sie ihr Schicksal miteinander verbanden, ihre Individualität aufgaben. Dass sich das Mysterium lüftete und dann schließlich weg war. Das Gefühl der Leere, die dadurch jetzt in ihr ausgelöst wird, mit dem Effekt, dass sie diese früheren Empfindungen nur noch aus ihrer eigenen Überlieferung kennt, und aus dem Fotoalbum. Die Aversionen gegen seine Vorhersehbarkeit, sein Festhalten an Althergebrachtem, seine Hingabe – diese spezielle Ausprägung der Hingabe, bei der Pflichtbewusstsein ein wesentlicher Bestandteil ist, dieses Verantwortungsgefühl von ihm, das ihr nur noch eine grenzenlose Mutlosigkeit einflößt. Sie sieht ihn immer noch an. Er ist müde, das liest sie an ihm ab. Er ist immer müde. In seinem Blick mischen sich Müdigkeit, Verständnislosigkeit und Widerwille.

»Habt ihr Streit?« Krista ist unhörbar die Treppe heruntergekommen. Der Stillstand löst sich auf. Terri kreist ein paarmal mit den Armen. David blickt auf ihre Schultern und ihre Knie. Schöne Schultern, schöne Knie.

»Nein, wir haben keinen Streit. Nicht, Terrilein?« Ihre Mutter sagt nichts. Sie sieht unglücklich aus. Ihr Vater zuckt ihr gegenüber verständnislos mit den Schultern, um sich mit ihr gegen Mama zu verbünden.

»Wann essen wir?«

»In einer Stunde. Hausaufgaben fertig?«

»Ja.«

»Okay.«

»Okay.« Sie zieht ihre Jacke an, schlägt die Haustür zu und atmet auf, die Hand um das Päckchen Lucky's in ihrer Tasche. Es ist kalt draußen, und es nieselt. In den Fensterscheiben sieht sie ihr Spiegelbild. Sie geht mit federndem Schritt. Vielleicht kann sie Samstag bei Tirza schlafen. Deren Mutter ist fast nie zu Hause. Tirza isst oft allein. Dann steht Essen im Kühlschrank, oder es liegt Geld dafür auf dem Tisch. Terri und David sind der Meinung, dass Tirza vernachlässigt wird, Krista findet dagegen, dass Tirza eher frei ist, frei von Lasten wie der, ein Kind verantwortungsvoller Eltern zu sein. Tirza braucht nie Bericht zu erstatten, wenn sie nach Hause kommt. Tirzas Mutter ergreift Partei für sie, wenn sie mit irgendwem Streit hat, selbst wenn es ein Lehrer ist, sie glaubt ihr immer, und das kommt daher, dass sie Tirza gar keinen Grund gibt zu lügen. Tirza hat mit ihrer Mutter sogar mal einen Joint geraucht.

Am Anfang des Wegs zur Lärmschutzwand hoch stehen die Marokkaner, die seit Kurzem als kleiner Schwarm überall im Viertel auftauchen. Sie sind zu sechst. Krista kann nur diesen einen Jungen unterscheiden, die Übrigen sind austauschbar, aber er sticht heraus, ist stiller, so als sei er mit dem Kopf woanders, als habe er eine Sonderstellung, rage aus der Gruppe heraus, sei für etwas Großes vorbestimmt und verstecke sich nur unter den anderen, bis es so weit ist. Sie treten einen winzigen Schritt beiseite, Krista fühlt fünf Augenpaare über ihren Körper wandern, als sie näher kommt, und in ihrem Rücken, nachdem sie vorüber ist, nur er guckt nicht, er blickt in die Ferne. Sie geniert sich nicht unter ihren Blicken, Tirza sagt, beunruhigend sei es erst, wenn sie einen nicht anglotzen, und Krista hat das, wie das Meiste, was Tirza über das Leben sagt, als Gesetzmäßigkeit angenommen. Jetzt spürt sie weniger die Blicke dieser fünf, sondern merkt vielmehr, dass er nicht guckt. Tirza ist schon da, sie sitzt auf der Bank und hackt auf ihr Handy ein.

Unten in der Straße steht das Haus in einer Reihe mit den anderen Häusern, unterscheidbar nur durch die Farbe der Vorhänge. In der Küche lehnt David mit dem Rücken an der Arbeitsplatte, wartet darauf, dass die Bohnen kochen, und weiß nicht, was genau er festhalten muss, damit es ihm nicht durch die Finger rinnt. Terri entfernt sich unterdessen immer weiter vom Haus. Binnen hundert Umdrehungen ihrer Räder ist das Schuldgefühl von ihr abgeweht.

Als sie die lange Brücke hinter sich gelassen hat, mit dem Wind in den Haaren, mit offener Jacke, mit dem Leben selbst als offene Verheißung in der frischen feuchten Luft, wird sie unschlüssig. Soll sie ihm Bescheid geben, dass sie zu ihm unterwegs ist? Sie weiß nicht, ob es ihm gefällt, wenn sie einfach vorbeikommt. Vor nun genau einer Woche zog er sie aus und bettete sie so, wie er sie haben wollte, betrachtete sie, wie einen Gegenstand. Es erregte sie. Es erregt sie. Anfangs, als sie bloß an ihrem Projekt arbeiteten und er bloß ihre Gedanken beflügelte, ihr Energie und Schärfe spendete, als sich das Wort Verliebtheit noch nicht in ihrem Kopf eingenistet hatte, sondern sie die wiedergewonnene Energie mit nach Hause nahm und auch David davon profitierte, zum Beispiel, als sie mit ihm nach Berlin fuhr, als Lucas nicht als Person ihre Gedanken dominierte, sondern sie das Gefühl hatte, an eine neue Quelle angeschlossen zu sein, die keinen Namen trug, keine gesonderte Bedeutung hatte, ihr gehörte, da war sie glücklich. Sie konnte sich nicht erinnern, je so glücklich, so lebendig gewesen zu sein. Eine Gruppe Mädchen läuft ihr direkt vors Rad, sodass sie ausweichen muss. Sie biegt in seine Straße ein und stellt ihr Rad an einem Pfahl ab. Die Fenster sind erleuchtet, die Tür mit den Eingangsstufen. Sie klingelt. Wartet. Geht hinten herum. Hofft, dass er nicht zu Hause ist. Schaut ihm mitten ins Gesicht. Ein Grinsen bricht durch sein Stirnrunzeln.

»Terri!«

»Was suche ich hier?« Er zieht ihr die Jacke aus, seine Hand packt sie im Nacken, zieht sie mit in sein Wohnzimmer, wo er sie wieder loslässt. Zwei ineinander übergehende Räume. Auf dem Tisch steht sein Laptop. Auf dem blassgrünen Sofa jenseits der Schiebetür liegt ein aufgeschlagenes Buch, dem Satzspiegel nach zu urteilen ein Lehrbuch. Sein Telefon klingelt. Der Ton lässt die Zeit stocken. Er sieht sie an, bis es wieder still ist.

»Wein?« Sie spürt, dass sie rot wird. Schluckt. Nickt. Was sucht sie hier? Er kneift die Augen zusammen, sieht ihr Erröten, sagt nichts darüber. Sie hat ihn mit ihrem zynischen Witz, ihrer Intelligenz, ihrer Unempfindlichkeit für sich eingenommen. Er hat sie aus ihrem Korsett befreit, und jetzt steht sie hier in seinem Wohnzimmer und errötet wie ein Backfisch. Er gießt zwei Gläser Wein ein. Er schwankt, ob er benennen soll, was sie hier sucht, wodurch sich ihr Erröten noch vertiefen dürfte, oder ob er darüber hinweggehen, nicht darauf eingehen soll. Sie wegschicken soll. Er lacht laut.

»Störe ich?«

»Nein. Wieso?«

»Hast du gearbeitet?«

»Gelesen.« Das stimmt nicht. Er hat sich einen Film angesehen. Er gibt ihr das eine Glas.

»Prost.«

»Worauf trinken wir?«

»Bewegung.«

»Musst du nicht zu Hause sein?«

»Nein.« Sie will es ihm nicht erklären.

»Hier.« Er schiebt ein Buch auf dem Tisch zu ihr hin. »Es würde mich interessieren, was du davon hältst. Steck's mal in deine Tasche.« Er sieht sie mit leichtem Spott im Blick an. »Wir wollen nicht über die Arbeit reden. Oder?«, sagt er.

Sie lässt das Buch unbeachtet und legt eine Hand auf seine Brust.

»Obwohl«, sagt er, »aber streng genommen hat das nichts mit der Arbeit zu tun, *eine* Sache: Ich sprach Andrea, und ich glaube, sie weiß, dass wir was miteinander haben.«

Andrea ist eine Studentin, die mit ihnen zusammenarbeitet.

»Haben wir denn was miteinander?«

»Nicht?«

»Was haben wir denn?« Sie schaut amüsiert, aber ihr Blick hat auch etwas Heischendes.

»Müssen wir das definieren?«

»Hm. Nein. Was mich betrifft, nicht.«

»Nein, was mich betrifft, auch nicht, was mich betrifft, brauchen wir es nicht zu benennen«, sagt er.

»Nein«, sagt sie.

»Es sei denn, du möchtest das.«

Er kehrt das Ganze um, er war doch derjenige, der es was genannt hat! »Ich würde nicht sagen, dass wir was miteinander haben«, sagt sie; um Entschiedenheit bemüht.

»Aber ein bisschen was haben wir doch miteinander, oder?«

»Ein bisschen was?« Sie gibt ihm einen Kuss. Sie hat das Gefühl, dass sie wieder an Boden gewonnen hat, obwohl sie der Gedanke, dass ihr *was* ein Streitpunkt ist, auch befremdet.

»Wir belassen es einfach dabei, dass es was ist.« Er stellt sein Glas ab und legt die Hände auf ihre Brüste. Er ist sowohl männlicher als auch eleganter als David, aber sie will nicht vergleichen, sie darf die beiden nicht miteinander vergleichen.

»Aber ich bin verheiratet.«

»Ja.«

»Das ist auch ganz schön … was.«

»Aber du bist nicht nur verheiratet. Du bist auch ein Individuum.« Und mit dieser Binsenweisheit hat er natürlich recht. Ja, sie ist auch ein Individuum. Wann hat sich ihr individuelles Leben unentwirrbar mit der Verpflichtung verknüpft, Rechenschaft abzulegen? Zuerst geht das ganz von selbst, dieses Zusammensein, Verschmolzensein, weil es dem entspricht, was man sich wünscht. Man tappt dahinein. Aber dann, wie löst man sich aus diesem Verbund, und wie macht man das, ohne alles einzureißen? Lucas kann ihr nichts darüber erzählen, der ist nicht verheiratet.

»Ja, das ist ein wenig in den Hintergrund geraten.« Er hat noch nicht mal mit einer Frau zusammengelebt. Auf dem Gebiet ist er ein kompletter Amateur. Er beginnt, ihre Bluse aufzuknöpfen. Sie will ihn küssen, doch er dreht den Kopf weg und vergrößert den Abstand noch dadurch, dass er die Unterarme gestreckt hält und sich leicht zurücklehnt. Er öffnet ihre Bluse und zieht ihren BH weg. Sie schaut auf sein Gesicht, er schaut auf ihre Brüste. Schön, sagt er. Schön. Zuerst wollte er wissen, ob sie fremdgehen würde. Jetzt will er wissen, ob sie zu einer Affäre fähig ist. Ob sie es fertigbringt, etwas mit ihm anzufangen. Ob sie für ihre Ehe eintreten wird, oder ob diese Ehe ihren Glanz komplett verlieren wird. Er hat ihn mal gesehen, David, aber das war, bevor sein Interesse an ihr diese Formen annahm, und er kann sich nicht wirklich an ihn erinnern. Laut Terri ist David ein netter Mann, eine vernichtende Qualifikation, wie ihm scheint. Er ist irgendwas bei einer Behörde, irgendeine Art Mediator oder so, fleischgewordene Anständigkeit. In ihr steckt etwas Wildes, Abenteuerliches. Er kneift in ihre Brustwarzen. Denkt dabei an eine Ex-Freundin. *Das sind keine Bedienungsknöpfe*, hat die mal empört ausgerufen, aber bei Terri sind es Bedienungsknöpfe, wenn er hineinkneift, öffnet sie die Lippen.

»Ich hab nicht viel Zeit.« Er sollte es besser aufschieben, ihr nicht geben, was sie will, er sollte sie besser wegschicken.

»Was?«

»Wir sollten das ein andermal fortsetzen.«

»Ach ja?« Sie wetzt ihre Verdutztheit im Nu aus und findet zu ihrem überlegenen Blick zurück, dem Blick, der ihn früher mal an ihr eingeschüchtert hat. Sie ordnet ihre Unterwäsche und knöpft ihre Bluse wieder zu.

»Tut mir leid.« Er legt die Hand an ihre Wange, was mit seinem Dozentenblick gepaart schon eine grenzwertige Gebärde ist.

»Ich weiß nicht, ob es ein andermal geben wird«, sagt sie.

Schau an, denkt er, das läuft doch wunderbar.

»Ich hoffe schon.«

»Ja?«

»Ich träume von deinem Körper.«

Sie gibt einen schwer zu deutenden Laut von sich. Nimmt das Buch. *Du mußt dein Leben ändern* von Peter Sloterdijk. Er geht ihr voran zur Diele. Sie küssen sich an der Tür. Er flüstert ihr ins Ohr, dass sie ihm gefällt. Schließt die Tür hinter ihr. Er hat das Buch nicht gelesen. Das Leben ist ein Spiel, nicht zu vergessen, alle Beziehungen sind Versuchsanordnungen. Sie geht zurück, zurück in ihr Haus am Stadtrand, zurück zu ihrem Mann, aber sie wird den ganzen Abend an ihn denken. Ihr kurzer Besuch hat ihn belebt, die Antriebslosigkeit, die ihn den ganzen Nachmittag hat schwänzen und Serien auf seinem Laptop hat glotzen lassen, ist durchbrochen. Er holt sich in der Küche einen runter. Bevor er essen geht, will er noch ins Fitnessstudio. Er hält sich gern in Form, das hat er David, dem Bürohengst, auf alle Fälle voraus, Terris Worten nach zumindest, die sagt, er sei zu müde, um sich sportlich zu betätigen, und könne dem nichts abgewinnen. Er wäscht sich die Hände und pfeift etwas vor sich hin, was ist das noch, Mozart vielleicht.

Terri radelt über die endlose Brücke zurück, langsam jetzt, mit Blei in den Beinen. Er hatte gerade Wein eingeschenkt, hatte er vergessen, dass er wegmusste, und sich plötzlich, als er sie schon halb ausgezogen hatte, wieder daran erinnert? Was treibt sie denn da? Sie hat eine gute Ehe. Alle objektiven Elemente belegen das. David ist ein netter Mann, er ist klug und gesund und zärtlich und zugewandt, und, ja, er hat in letzter Zeit etwas Lustloses an sich, aber ist das ein Grund, darf ein Mensch nicht eine Phase von Lustlosigkeit haben? Die Zeit ist die Bildhauerin der Liebe, wer hat das noch geschrieben? Wirf nicht weg, worin schon so viel Zeit, so viel von dir selbst steckt. Ja, David nimmt das als gegeben hin, das und sie, er gibt sich keine Mühe, nicht so, wie sie es gern hätte, er hört nicht richtig zu, wenn sie von ihrer Arbeit erzählt, er macht nie was Neues, und wenn er mit ihr schläft, tut er es gedankenlos und kommt zu früh. Als sie sich gerade erst kannten, fuhren sie zum Baden ans IJsselmeer, sie hatten dort eine Stelle gefunden, wo sonst niemand war. Sie aßen mit Rübensirup bestrichene Brote und Äpfel und tranken Wasser, sie schwammen, er sagte, sie sei das witzigste Mädchen, das ihm je begegnet sei, sie rauchten noch, Selbstgedrehte, denn sie waren arm, sie rauchten und schauten in die Wolken. Keine drei Monate später zog er zu ihr. Er hatte Elan und Verantwortungsgefühl, für sie, für seine Mutter, seine Schwester, für seine Gesundheit. Radikalität war ihm fremd, er hatte ein großes Gerechtigkeitsgefühl, war von einem Bündel gründlich ausgearbeiteter Regeln, von Moral geleitet, er wusste immer das Richtige, das zu tun war, sie fand das toll an ihm. Sie war verliebt, und danach liebte sie ihn, und sie hatten es gut, die ganze Zeit, bis sie auf einmal entdeckte, dass es weg war, dass anstelle dieser Liebe ein Reservoir an geheimen Gedanken gewachsen war. Wann? Vor zwei Jahren vielleicht, vielleicht schon viel länger zurück. Sie sieht durchs Fenster, wie David die Küchentheke abwischt. Ein Mann in einem Haus, ihr Ehemann. Ein Individuum. Was tut oder denkt er in dem Bereich, der nicht teilbar ist? Sie fürchtet, dass er gar nichts denkt. Dass da nur graue Wellen in ihm schwappen. Er und übrigens auch die Kinder sind ganz einfach zufrieden, sie wollen nichts, sie existieren kritiklos im Status quo vor sich hin. Sie stellt ihr Rad in den Ständer. David ist aus der Küche verschwunden. Sie winkt Mirjam, der Nachbarin, die aus dem Fenster schaut. Was tut diese Frau da minutenlang vor ihrer eigenen Haustür, wird sie wohl denken, von ihrem Haus aus, das ein Spiegelbild des ihren ist, auch mit zwei Kindern … Wenn man weit genug rauszoomt, sieht keiner mehr einen Unterschied, eine Straße voller Paare und deren Kindern, Tiere mit ihren Jungen, Reproduktionszahl erreicht, die

Gattung Mensch kann fortbestehen. Sie legt die Hände um ihre Brüste, fühlt die Form, die Lucas gefühlt und betrachtet hat.

»Hallo.« Auf dem Wohnzimmersofa liegen David und Ally und sehen sich eine Serie an.

»Du bist wieder da.«

»Ich bin wieder da.«

»Das ging schnell.«

»Ja.«

»Alles gut?«

»Nein.«

»Nein?«

»Nein. Nicht *alles* ist gut.«

»Mama.«

»Ja?«

»Was ist?«

»Nichts. Ich finde, *alles* ist einfach ziemlich viel.«

»Wie meinst du das?« Ally sieht sie ein bisschen verängstigt an, und David seufzt, übertrieben, verärgert, vorwurfsvoll, kleinlich, ermüdet, alt, saftlos, unansehnlich, böse, beleidigt, und in ihr wächst ein giftiger Pfeil, den sie ihm am liebsten mit Wucht zwischen die Augen schleudern würde. David gibt Ally einen Kuss und nimmt ihre Beine von seinem Schoß.

»Ich bin gleich wieder da, Allybel.« Und zu ihr: »Komm.« Er läuft nach oben, in die Küche, stellt eine Flasche Rotwein auf den Tisch, ignoriert ihren Blick, der missbilligend auf die Flasche geheftet ist.

»Erzähl mir mal, was los ist, was ich falsch gemacht habe.« Terri sagt nichts.

»Wo warst du nun, gerade eben?« Terri sagt nichts.

»Willst du noch was essen?« Sie sieht ihn nicht an.

»Gedenkst du noch etwas dazu zu sagen?« Vielleicht ist es seine Schuld. Er müsste sie in die Arme nehmen.

»Bist du in jemand anders verliebt?« Eine achtlos, halb im Scherz gestellte Frage, doch an der Art, wie Terri schweigt, an der Art, wie sie jetzt den Unterkiefer vorschiebt, erkennt er, dass er ins Schwarze getroffen hat.

»Wirklich?«

»Ich ersticke.«

Und dann sagt sie wieder eine ganze Weile nichts.

»Hör zu, Terri, rede mit mir, ich bin nicht dein Feind. Sag, warum. Hilf mir.« Okay, sie ist verliebt, sie geht vielleicht mit dieser Person ins Bett, könnte er erraten, wer es ist, ist es jemand, den er kennt? Blitzschnell erwägt er, ihr sein ausdrückliches Einverständnis zu erklären, vorausgesetzt, dass sie ihn nicht verlässt, vorausgesetzt, dass es vorübergeht, vorausgesetzt, dass sich dadurch nichts ändert, vorausgesetzt, dass sie nichts unwiederbringlich kaputtmacht. Es ist dieser Mann, dieser Philosoph von dem Projekt fürs Ministerium, mit einem Mal ist er sich ganz sicher, er ist ihm sogar mal begegnet, wie heißt er noch, Oscar, nein, verflixt, er kommt nicht drauf!

»In wen?«

»Darum geht es nicht. Es geht nicht darum, dass ich verliebt bin, es geht darum, dass ich ersticke.«

»Tu nicht so kryptisch.«

»Ich fühle mich beengt, du machst mich wahnsinnig, ich habe Angst, dass so mein Leben aussieht, für immer.«

»Und du findest also, dass es kein gutes Leben ist.«

»Rein theoretisch ist es schon ein gutes Leben, finde ich.«

»Rein theoretisch.«

»Aber in echt kann ich es nicht mehr ertragen.«

»Wer ist es, habe ich gefragt.«

»Es geht nicht um diese Verliebtheit.«

»Karten auf den Tisch.«

»Das meine ich. Ich will nicht über alles Rechenschaft ablegen.«

»Du bist mit mir verheiratet.«

»Ich bin auch ein Individuum.«

»O Gott!«

»Was?«

»Pathetisch.«

»Lucas.«

»Der Philosoph!«

»Ja.«

»Der Pseudophilosoph.«

»Wenn du so anfängst, brauchen wir gar nicht weiterzureden.« Es ist still. Er dreht den Korkenzieher in den Korken. Sie macht den Wasserkocher an, demonstrativ. Okay, sie ist also vorhin zu diesem Lucas gefahren, und da haben sie beschlossen, es ihm zu sagen. Mit zusammengesteckten Köpfen in einer Kneipe, oder eng umschlungen in seinem Bett.

»Warst du mit ihm im Bett?«

»Ja.«

»Eben gerade?«

»Nein.«

»Schon früher.«

»Ja.«

»Oft?«

»Nein.«

»Und nun?«

»Ich weiß es nicht.«

»Wir werden aber schon irgendwie darüber reden müssen.«

»Ja.«

»Von Individuum zu Individuum.«

»Vielleicht nicht jetzt. Viellicht nicht, wenn die Kinder zu Hause sind und alles hören können.« Die hören nichts. Noch nicht. Aber sie hat recht. Es wäre jetzt nicht so geschickt. Doch was bedeutet das? Dass sie mit diesem Gespräch warten müssen? Dass sie bis dahin tun, als wenn nichts gesagt wäre? Früher gingen sie im IJsselmeer baden. Warum denkt er daran? Sie hängt einen Beutel in ein Glas und gießt Wasser darauf.

»Ist es meine Schuld?« Es ist natürlich seine Schuld.

»David.«

»Ja.«

»Nicht.« Weist sie ihn zurecht, oder will sie ihn beschwichtigen?

»Das scheint mir aber eine relevante Frage zu sein.«

»Unser Gespräch hat keinen Sinn, wenn du solche Ausdrücke verwenden willst.« Sie steht darüber, das ist unverkennbar, sie lässt ihn weit hinter sich. Sie denkt nicht in Begriffen von Schuld. Sie denkt in Begriffen von Ersticken. Sie erlaubt sich zu sagen, dass er sie wahnsinnig macht, aber er darf nicht fragen, ob das an ihm liegt, an etwas, was er getan hat, oder an ihr, an etwas, was sie getan hat. Denn sie hat etwas getan, das steht fest, man verliebt sich nicht so einfach, man haut nicht einfach an einem Dienstagabend ab, wenn man eigentlich für seine Kinder kochen muss.

»Ich gehe wieder zu Ally. Ich habe ihr versprochen, dass wir zusammen gucken.«

»Tu das.«

»Es sei denn, du willst reden. Es sei denn, du bist bereit, mir auf meine Fragen zu antworten. Ansonsten komme ich jetzt lieber meinem Versprechen nach.« Er versteht es, dem Wort Versprechen einen Beiklang zu geben, der sich bis hin zu ihrem Ehegelöbnis erstreckt.

»Ja, wie könnte es auch anders sein.« Und sie versteht es, mit einem erbarmungslosen Streich beide Versprechen lächerlich zu machen, zu unsinnigen Ritualen zu zerknüllen. Der Geschirrspüler piepst.

»Vielleicht heute Abend, später, wenn die Mädchen schlafen.«

»Was dann?«

»Vielleicht können wir dann reden. Solange wir nicht schreien, können wir durchaus reden, wenn sie zu Hause sind.«

»Ich habe nicht vor zu schreien.«

»Ich werde mich auch darum bemühen.«

»Ich rede sowieso nicht mit dir, wenn du anfängst zu schreien.«

»Als wenn ich dich je anschreien würde!«

»Du hast gerade gesagt, dass du dich darum bemühen wirst. Das klingt, als ob du mich eigentlich am liebsten anschreien würdest.« Er dreht sich von ihr weg. »Als müsstest du an dich halten!« Jetzt schreit sie selbst. Er geht. Die Flasche ist zugeblieben. Er läuft die Treppe hinunter zum Wohnzimmer, zum großen, weichen Sofa, zum Fernseher, zu seiner lieben, ernsten kleinen Ally. Er schiebt sich wieder auf seinen Platz und nimmt ihre Beine. Streichelt ihr Schienbein. Hält ihre weichen kleinen Füße in seinen Händen. Sie versucht ihm zu erklären, was inzwischen passiert ist, man hat eine zweite Leiche gefunden, doch wenn sie redet, bekommt sie nicht mehr alles richtig mit, und ihm ist es nicht so wichtig, sagt er. Bei einem anderen Mal, als sie Streit hatten, hat Mama zu ihr gesagt: »Du hast doch auch manchmal Streit, oder? Das macht gar nichts, wir vertragen uns auch wieder, wir lassen uns bestimmt nicht scheiden«, und zum Beweis hatten sie einander umarmt, mitten in ihrem Streit, und gewartet, bis sie weg war, um sich dann weiter zu streiten. Das machte alles noch viel bedrohlicher, ja, sie hatte auch manchmal Streit, aber das sah ganz anders aus. Im Fernsehen rufen Polizisten bei den Eltern von dem ermordeten Mädchen an. Sie hört ihren Vater leise stöhnen. Sie wackelt mit den Füßen, um ihn daran zu erinnern, dass er ihr die Daumen in die Sohlen drücken soll, was er dann auch tut. Morgen zur Schule, aber Freitag ist der kurze Tag, da kann sie danach Tennis spielen oder irgendein anderes Spiel. In der Orientierungsstufe spielt man nicht mehr, das ist ein ungeschriebenes Gesetz, man darf nicht spielen wollen, sondern muss Fan von irgendwem sein, in irgendwen verliebt sein, man darf gute Noten haben, muss aber so tun, als wäre einem das echt schnuppe, man darf bloß nicht mit Jungs spielen, man darf auf keinen Fall zu sichtlich an den albernen Jungs interessiert sein, Jungs wie Bobby und Leo, wo

Bobby und Leo doch die einzigen Menschen sind, denn Jungs sind auch Menschen, mit denen sie lachen kann. Doch das kümmert sie nicht so sehr, dann ist sie eben *in Isolation*, wie Krista es nennt. Lieber in Isolation als im falschen Zoo – ja, das ist nicht der perfekteste Vergleich, denn was soll das sein, der falsche Zoo, aber sie hat trotzdem ein gutes Gefühl dabei, und da endet der Realismus und beginnt die Poesie, würde Herr Eedens, ihr Niederländischlehrer, sagen.

Terri ist die einzige Frau, mit der David im Bett war, was Terri allerdings nicht weiß. Solange er noch zu Hause wohnte, hinderte die Sorge um seine Mutter ihn daran, eine Freundin zu haben, er dachte, dass sie das noch trübsinniger machen und dass es ihn seiner Aufgabe entfremden würde. Seine Erziehung machte es für ihn undenkbar, ohne ernsthafte Absichten Sex zu haben. Floor, mit der er Hausaufgaben machte und genauso gut herumflachsen wie tiefschürfende Gespräche führen konnte und in die er vielleicht verliebt war – jedenfalls malte er sich im Jahr vor dem Abitur fast jeden Abend aus, dass er mit ihr schlafen würde –, küsste ihn eines Abends in ihrem Zimmer. Sie wohnte wie er noch zu Hause. Es war Sommer. Sie hatten auf dem Bett gelegen und darüber geredet, was sie studieren würden. Sie wollte Französisch studieren, und er wusste es noch nicht, er erwog, ein Jahr lang nichts zu tun, und dann, keine Ahnung, Jura vielleicht oder Geschichte. Und obwohl er sich also jeden Abend ausmalte, dass sie sich auszog, dass er sich auszog, dass er ihre Haut fühlen würde, ihre Brüste, ihren Po, ihre Beine, das zwischen ihren Beinen, dass er selbst zwischen ihren Beinen, auf ihr, in ihr – gelang es ihm, nie daran zu denken, wenn er bei ihr war. Wenn er bei ihr war, waren sie geschlechtslose Freunde, und erst, wenn er allein in seinem Zimmer war, wurde sie wieder zu einem Mädchen, und er zog sie aus. Nun drehte sie sich auf einmal um und beugte sich über ihn. Ihre braunen Augen glänzten, und sie kam ihm mit ihrem Gesicht so nah, dass ihre Sommersprossen die Konturen verloren, und dann ließ sie ganz sanft, aber entschlossen ihre Lippen auf seinem Mund landen. Eine Zeitlang passierte nichts, dann leckte sie mit der Zunge über seine Oberlippe, worauf sie wieder endlos lange verharrte, dann noch einmal leckte und ihn dann küsste. Ganz kurz küsste er sie auch, küssten sie einander, wie er es sich ausgemalt hatte, Lippen, Zungen, warme Münder, Harpunenschüsse von seinem Mund zu seiner Schamgegend, aber dann ergriff ihn ein panisches Verantwortungsgefühl. Er wand sich unter ihr heraus, stammelte eine Entschuldigung und floh aus dem Haus. Das war das Ende der Vertrautheit zwischen ihnen. Sie studierte dann tatsächlich Französisch, und zwar nicht in Amsterdam, sie verloren den Kontakt. Nachdem er zu Hause ausgezogen und vier Monate in den Vereinigten Staaten gewesen war, die Sorge für seine Mutter allmählich aus seinem Tagesprogramm und auch aus seinem System verschwand, der Weg für Verbindungen, ob ernst gemeint oder nicht, offen war, traute er sich nicht mehr so recht. Er war einundzwanzig und noch Jungfrau, was an sich schon peinlich war. Danach war er zweiundzwanzig, dreiundzwanzig und noch Jungfrau, und als er sein Studium abgeschlossen hatte und Terri kennenlernte, war er vierundzwanzig und immer noch Jungfrau. Er hatte nur ein einziges Mal eine halbe Minute lang geküsst. Für Terri erfand er zusätzlich zur Ausschmückung dessen, was er mit Floor gemacht hatte, eine Amerikanerin, mit der er liiert gewesen sei, und suggerierte weitere lose Erfahrungen. Doch er hat es danach nie bedauert, dass er nicht mehr Erfahrung gesammelt hatte, er liebte Terri, und die Gewöhnung, die sich unleugbar in einer jahrelangen Ehe einstellt, hat seine Erregung nie beeinträchtigt. Er fand es schade, dass sie nicht mehr experimentierten, dass binnen weniger Monate das Repertoire feststand, von dem sie in den fünfundzwanzig Jahren danach nicht nennenswert abwichen, er fand es schade, dass das kein Gesprächsthema war, dass sie, als er einmal einen Vorschlag machte, eine Art Rollenspiel, so mitleidig darauf reagierte, dass er das Gefühl hatte, sich komplett lächerlich gemacht zu haben. Er fand sich damit ab, phantasierte von anderen Frauen, wobei er sorgsam darauf achtete, dass die Abstraktheit seiner Vorstellungen gewahrt blieb, und beklagte nie, dass er sich durch seine Entscheidung andere Möglichkeiten nahm, sondern zog das allemal dem beängstigenden Gedanken an Verrat, an Geheimniskrämerei, an ein schludriges Leben vor.

Er hat die Flasche aufgemacht. Es ist ein schön weicher Rotwein, ein echter Wochentagswein, hat er gedacht, als er sich und auch ihr eingeschenkt hat. Terri sitzt ihm gegenüber, das Kinn auf die Faust gestützt. Sie ist also verliebt, in diesen Mann, und sie fühlt sich durch ihn,

David, und durch die Familie beengt. Sie sagt, dass alles festgelegt sei, dass er unbeweglich sei. Die Belege, die sie anführt, lassen ihn aus allen Wolken fallen: Er will sie nicht zum Italienischkurs begleiten, er will nicht Fallschirm springen, und er will keinen Urlaub in den Tropen machen. Sie sagt, er sei ängstlich und verknöchert. Er entgegnet, dass er ihr doch keinerlei Hindernisse in den Weg lege, und fragt, warum er denn unbedingt zum Fallschirmspringen mitkommen solle. Wenn sie sich von irgendwelchen Fesseln befreien wolle, sei es da nicht eher gut, wenn er nicht mitkomme? Sie hat die Dinge, die Abenteuer aufgezählt, die er ihr angeblich unmöglich macht, doch was tut sie, sie frönt jetzt dem Abenteuer, mit einem Kollegen ins Bett zu gehen.

»Das ist einfach keine gute Geschichte, Terri.«

»Es ist keine Geschichte, es ist ein Empfinden.«

»Als ob ich dir irgendetwas verbieten würde!«

»Du verstehst überhaupt nichts.«

»Nein.«

»Es ist nicht, dass du es mir aktiv verbietest. Das ist es nicht. Es ist, dass unser Leben es mir unmöglich macht. Dass deine mangelnde Energie mir meine Lebenslust nimmt.«

»Meine mangelnde Energie?«

»Ja!«

»Mir fehlt es nicht an Energie.«

»Nach dem Essen liegst du auf dem Sofa und glotzt Serien.«

»Das macht mir Spaß! Übrigens, ich lese auch, die Zeitung, Bücher, deine Artikel, die Hausaufgaben der Kinder.«

»Du machst schon seit mindestens zehn Wochenenden damit rum, einen Schrank zusammenzusetzen.«

»Das macht mir Spaß!«

»Seit zehn Wochen!«

»Es ist ein Projekt. Es ist mehr als nur das Erreichen eines Ziels. Ich habe Spaß daran.«

»Du bist müde.«

»Manchmal.«

»Immer!«

»Ich arbeite vierzig Stunden die Woche.« Sie macht eine wegwerfende Gebärde, als wären vierzig Stunden gar nichts. Neben den Kindern, neben dem Haus, neben Geburtstagen, Umtrünken, Verwandtschaft, Esseneinladungen. »Und warum bloß willst du eigentlich Fallschirm springen?«

»Das meine ich!«

»Was meinst du?«

»Du lehnst das ab!«

»Ich lehne das nicht ab, sondern ich kann mir nichts darunter vorstellen. Aber das braucht dich doch nicht daran zu hindern! Du darfst doch tun und lassen, was du willst!«

»Darf?«

»Ja. Oder kannst.«

»Du verstehst es nicht!«

»Nein!«

»Ich kann es dir offenbar nicht begreiflich machen. Ein Fisch weiß ja auch nicht, was Wasser ist.«

»Was?«

»Man kann nicht sehen, was einen direkt umgibt!«

»Meine Güte, Terri …« Und dann sind sie wieder still.

Er steht auf und zieht die Vorhänge zu. Er muss ihr Raum geben. Er möchte ihr gern Raum geben.

»Ich möchte dir Raum geben.«

»Ist das so?«

»Ja, das ist so. Aber ich möchte nicht, dass du mir die Antwort auf eine Frage vorwirfst, die du mir nie gestellt hast. Ich war mir nicht bewusst, dass ich dich beenge. Ich dachte, wir hätten es gut. Ich bin bereit, dir zuzuhören, ich bin bereit, dir Raum zu geben, notfalls für eine Affäre mit diesem Mann, aber dann musst du schon offen zu mir sein, dann müssen wir herausfinden, wie das gehen soll, dann ist es wichtig, dass wir da zusammen rausfinden.«

»Also ich darf von dir aus eine Affäre anfangen.«

Er nickt. Vorausgesetzt, sie verlässt ihn nicht, es geht vorüber, sie macht nichts kaputt, sie bleiben eine Familie, sie bleiben zusammen bei Ally und Krista, und sie räumt ihm die Chance ein, dass er sie wieder für sich einnehmen kann. Eine Affäre, zeitlich begrenzt, die sie eine Weile beflügelt, aber anschließend in seine Arme zurückkehren lässt. Doch das sagt er alles nicht.

»Wie stellst du dir das denn vor?«

»Ist es der Spannung wegen? Der Spannung des Neuen, oder hat es mit ihm zu tun, als Mensch?« Sie rutscht auf ihrem Stuhl herum. »Ist es mit ihm ganz anders? Machst du andere Sachen mit ihm?« Terri hat ihn nie oral befriedigen wollen. Sie sagte, keine einzige Frau mache das zu ihrem Vergnügen, das sei ein Pornomythos. »Ist er besser als ich?« Alles nur Selbstquälerei, das ist ihm bewusst, aber er kann nicht damit aufhören. »Oder ist es wegen seiner philosophischen Ansichten?

Wenn du dich für das eine oder das andere entscheiden müsstest, ist es dann eher wegen seinem Schwanz oder wegen seinen philosophischen Ansichten?« Zurückspulen, er muss zu dem Moment zurückspulen, da er sagte, dass er ihr Raum geben möchte, und sich ein Anflug von Besänftigung, von erstauntem Interesse in ihrem Blick abzeichnete. »Entschuldige.«

»David.«

»Terri.«

»Ich liebe dich.« Dieser Satz kann Äußerung eines Gefühls sein, eines Gefühls, das in einem aufwallt und zu Worten zwingt, er kann Bekräftigung einer Verbundenheit sein, Beschwichtigung oder Beschwörung, Beschwörung von Unheil, und Letzteres ist es, es ist ein Satz, mit dessen Aussprechen versucht wird, das dazugehörige Gefühl wachzurufen, doch in ihr regt sich nichts, einen toteren, liebloseren Satz gibt es nicht.

»Ich liebe dich auch.« Er sagt es in sentimentalem, fragendem Ton. »Tut mir leid, das gerade. Entschuldige. Ganz im Ernst, ich möchte dir Raum geben.«

Vielleicht wäre es besser, wenn er das nicht tun würde, denkt sie, wenn er sie wütend rauswerfen würde. Vielleicht könnte sie wenigstens dann fühlen, dass sein Ich-liebe-dich etwas bedeutet, jetzt war dieser Satz von ihm genauso hohl wie der von ihr. Er hat gesagt, dass sie notfalls eine Affäre anfangen könne. Ist das eine Lösung? Es ist unerwartet großherzig, obwohl sie nicht glaubt, dass es ihm auch noch ernst ist, wenn es wirklich darauf ankommt. Und sie hätte es sich eigentlich schon denken können, das lasche, eilfertige Entgegenkommen, die Vernünftigkeit, die Angst, sie zu enttäuschen und damit bei ihr verspielt zu haben. Was würde passieren, wenn er sagte: Dann hau doch ab und komm zurück, wenn du weißt, was du willst, komm zurück, wenn du dich für mich entscheidest. Was würde passieren, wenn er wie ein Ritter um sie kämpfte? Ihr Handy bimmelt. Lucas. Sie hat ihm einen eigenen Klingelton zugeteilt. David gießt sein Glas wieder voll. Dieser Alkohol ist nicht nur schlecht für die körperliche Verfassung, sondern auch für das Gefühlsleben, er stumpft ab, dämpft, und seit sie das realisiert hat und nur noch Alkohol trinkt, wenn es einen besonderen Grund dafür gibt, einen außergewöhnlichen Anlass, empfindet und beobachtet sie viel schärfer, was alles in ihrem Leben zu wünschen übrig lässt.

»Aber ich wüsste nicht direkt, wie wir das machen sollen. Was willst du?« David sieht sie an.

»Tja. Was will ich.« Sie will sich auf ihrem Handy ansehen, was Lucas geschrieben hat.

»Oder vielleicht sollten wir mit jemandem reden.«

»Hä? Warum?«

»Um herauszufinden, wie wir das machen sollen.«

»Mit einem Therapeuten, meinst du?«

»Um dahinterzukommen, warum du dich verliebt hast.«

»Dafür brauche ich keinen Therapeuten, denke ich.«

»Erzähl.«

»Das kann ich nicht.«

»Warum nicht?«

»Ich möchte dich nicht verletzen.«

Er starrt sie mit offenem Mund an, ohne dass er sich seines Gesichtsausdrucks bewusst zu sein scheint. Sie hat sich unterdessen, während sie die letzten Sätze gesagt hat, rückwärts zum Schrank manövriert, schnappt sich nun ihr Handy aus dem Korb und öffnet in derselben Bewegung die Nachricht. *Ich will jetzt fortsetzen, womit wir vorhin angefangen haben.*

»Du möchtest mich nicht verletzen?«

»Nein.«

»Du möchtest mich zwar schon betrügen und mit ihm ins Bett gehen, aber es geht dir zu weit, mir zu erklären, warum, weil du mich nicht verletzen willst.«

»Ja. Zieh es ruhig ins Lächerliche.« Sie könnte den Streit so eskalieren lassen, dass sie wütend aus dem Haus laufen und zu Lucas fahren könnte. Um fortzusetzen, womit sie angefangen hatten.

»Es ist lächerlich. Oder zumindest widersprüchlich.«

»Tut mir leid, dass meine Gefühle widersprüchlich sind. In deinen Augen.«

»Ich spreche von Fakten: dass du fremdgehst und wie du damit umgehst, dass du dich weigerst, etwas zu erklären, was du sehr wohl zu wissen scheinst. Ich spreche nicht von Gefühlen.«

»Meine Güte, David.«

»Meine Güte, Terri.«

»Steh nicht da wie ein geprügelter Hund.«

»Hast du das jetzt wirklich gesagt?«

»Ja. Tut mir leid. Es ist nicht gerade anziehend.« Das ist gemein. Und wahr. Was ist wichtiger? Er bittet um die Wahrheit. Sie möchte ihn schonen. Sie möchte nicht sagen, wie sehr er sie abstößt. Es könnte auch sein, dass er gar nichts dagegen machen kann, weil seine Anziehungskraft in *ihr* aufgehört hat und nicht in ihm. Wie erklärt man das? Wie erklärt man, dass Gefühle, die man füreinander hegt, nur in einem selbst vorhanden sind und auf einmal Schluss damit sein kann, ohne dass sich der andere nennenswert verändert hat. Vielleicht hilft es, wenn sie ihn verletzt, vielleicht hilft es ihm, für sich einzutreten, sodass er böse wird, statt gekränkt zu sein, böse genug, um sie zu hassen, böse genug, um ihr die Tür zu weisen, sodass sie abhauen kann. Lucas. Sie denkt an seine Hände auf ihren Brüsten, wie er ihre Beine auseinanderschob, sie bei den Pobacken fasste. Zu David hat sie mal gesagt: Man bumst eine Frau nicht, sondern man bumst *mit* ihr, aber Lucas hat nicht mit ihr gebumst, sondern er hat sie gebumst, sie kann es nicht anders sagen. Und auf einmal ist sie sich sicher, dass es nicht zu retten ist, das mit David und ihr.

»Möchtest du, dass ich gehe?«

»Zu ihm? Nein.«

»Das meinte ich nicht. Ich meinte: Hast du Probleme damit, dass ich hier bin?«

»Du bringst da was durcheinander, Terri. *Du* hast doch Probleme damit. Ich nicht. Ich fühle mich nicht beengt.«

»Aber du fühlst dich betrogen.«

»Ich möchte, dass wir da herausfinden.«

»Ich weiß nicht, ob das gelingen wird.«

»Vielleicht kannst du mir versprechen, dass wir es versuchen, vielleicht kannst du wenigstens das versprechen.«

»Ja.«

»Vielleicht gelingt es uns nicht, aber wir sind es der

Zeit schon schuldig, dass wir uns bemühen, da herauszufinden.«

»Ja«, sagt sie.

»Und den Kindern.«

»Ja.«

»Ja? Das meinst du auch?«

»Ich muss ins Bett.«

»Meinst du das denn nicht?«

»Doch. Das meine ich auch.«

»Du sagst das mit wenig Überzeugung.«

»Aber ich sage es.«

Sie kommt ihm auf einmal so fremd vor, wie sie da mit ihrem durchtrainierten Körper und ihrem strengen Mund sitzt, wie eine fremde, harte Frau. Ist das seine Frau? Ist das das Mädchen von einst einschließlich des ganzen geteilten Lebens seither? Völlig unbemerkt hat sie sich unter seinen Augen in jemand anders verliebt, während sie neben ihm schlief, mit ihm gemeinsam für die Kinder sorgte, Sex mit ihm hatte, vorige Woche noch, er versucht, sich zu vergegenwärtigen, ob dabei etwas anders war als sonst. Während sie einfach lebten, als wenn nichts wäre, ist sie unter seinen Augen desertiert.

»Bist du einverstanden, wenn ich mich einfach ins Bett lege?«

»Ja, natürlich.«

»Würde es dir etwas ausmachen, auf dem Sofa zu schlafen?«

»Ja.«

»Soll ich dann auf dem Sofa schlafen?«

»Ich möchte lieber, dass du bei mir im Bett schläfst. Du hast doch gestern auch bei mir im Bett geschlafen.«

»Aber jetzt ist das doch was anderes.«

»Als du gestern neben mir geschlafen hast, warst du doch auch schon mit ihm im Bett gewesen, oder?« Sie seufzt und schlägt die Hände über dem Kopf zusammen. »Entschuldige«, sagt er.

»Warum entschuldigst du dich jetzt?«

»Weil ich dich beengt habe.«

Sie seufzt noch einmal.

»Weil ich dir deine Lebenslust raube.«

»David.«

»Ich werde mich ändern. Ich werde versuchen, mich zu ändern.« Wie ein geprügelter Hund, er weiß.

»Okay, dann lass uns mal zu Bett gehen.«

»Zusammen?«

»Ja. Zusammen.«

Sie gehen nach oben und putzen sich gemeinsam die Zähne, obwohl er sich neben ihr kaum noch zu bewegen wagt. Er horcht darauf, wie ihre Zahnbürste über ihre Zähne schrubbt. Sie wäscht sich das Gesicht. Im Spiegel kreuzen sich ihre Blicke.

»David.«

»Ja?«

»Tut mir leid.«

»Was?«

»Ich muss weg, ich muss kurz … einmal um den Block.«

»Einmal um den Block?«

»Ja. Sozusagen.«

»Sozusagen.«

»Ich …«

»Ersticke.«

»Ja.«

Als sie das Badezimmer verlassen hat, setzt er sich zum Pinkeln hin, den Kopf in die Hände gestützt. Er hört die Haustür zuschlagen. Er hört ihr Fahrrad. In seiner Kehle kommt die Panik hoch. Verloren. Er hat sie verloren. Er versucht noch zu atmen, dabei zu zählen, er schaut auf seine Hände, sind das seine Hände, er schaut auf die Fliesen des Badezimmerbodens, und dann fängt er wie wild an zu weinen, völlig unkontrolliert. Er zieht ein Handtuch vom Heizkörper und presst den Stoff auf seinen Mund, um seine Laute zu ersticken, schluchzt und heult und knurrt, mit der Hose um die Füße. Er denkt an seine Mutter, die in ihrem Bett weinte, in seiner Erinnerung lag sie seine ganze Pubertät über weinend im Bett, in seiner Erinnerung weinte er selbst nie, er weiß nicht mal, wann er überhaupt zum letzten Mal geweint hat. Und er empfindet tiefes Mitleid mit sich, da hockt er nun, hat immer sein Bestes gegeben, alles richtig gemacht. Er beißt in den Handtuchstoff. Ein einsamer Weg, den er da beschreitet, allein zu weinen, ohne dass jemand davon weiß, ohne dass jemand tröstet, um dann vor Erschöpfung wieder damit aufzuhören. Eine geschlagene Stunde lang hockt er da auf dem Klo und erhebt sich dann und zieht seine Hose hoch, während Terri im selben Moment auf der anderen Seite vom Fluss, in Lucas' Schlafzimmer, ihre Hose anzieht. Als sie wieder vollständig bekleidet ist, stopft sie ihren BH in ihre Manteltasche, sagt Lucas auf Wiedersehen und verlässt sein Haus. Sie fährt in ihr Gefängnis zurück.

Still kommt sie die Treppe herauf, zieht sich aus und legt sich neben ihn, den Rücken zu ihm gedreht. Beide liegen sie wach. Er riecht sie: frische Luft und Körper, er möchte ihr das Hemd hochschieben und ihre Haut an seiner Brust und seinem Bauch fühlen. Er möchte die Arme um sie legen, möchte ihren Körper umfassen, ihren Körper, der zu ihm gehört, der in ihre Ehe gehört, ihren Körper, den sie mit ihm teilt, ihren Körper, der sich in den vergangenen fünfundzwanzig Jahren verändert hat, der dicker war, dünner war, jung war, schwanger war, krank gewesen ist, in den letzten Jahren nur immer stromlinienförmiger geworden ist – was er nicht anziehender findet, auch wenn es gut aussieht, aber ihre Molligkeit fühlte sich besser an, der Körper, den sie jetzt hat, ist vor allem eine Errungenschaft. Ihr Körper, der trotz dieser Veränderungen stets eine Konstante war, ein konstanter Faktor in seinem Leben, eine konstante Gegenwart. Er fühlt schon wieder Tränen aus seinen Augen quellen.

»David?«

»Ja?«

Es kann sich auch wieder einrenken, Paare überleben Verliebtheiten, Krisen, Phasen der Entfernung voneinander, Verzweiflung, Fallschirmspringen.

»Könntest du bitte etwas weniger laut atmen?«

Ein Liebhaber

Hinter ihr auf dem Fußboden findet eine Legoschlacht statt. Auf dem Bauch liegend organisiert Hendrik die Truppenbewegungen. Er gebraucht unterschiedliche Stimmen, singt Kampflieder ohne Worte, stößt Schreie aus im Namen seiner Figuren am Boden. Es regnet ein bisschen, der Fluss ist genauso grau wie der Himmel darüber. Sev scrollt auf ihrem Telefon durch die auf Grundlage ihrer Präferenzen für sie herausgefilterten Männer. In welchem Maße sie zu einem in Frage kommenden Mann passen würde, ist in einer Zahl ausgedrückt. Den höchsten Score hat ein Direktor mit drei Kindern, der in Möglichkeiten denkt und an einem Tag, an dem er nicht gelacht hat, nicht gelebt hat. Er kann nicht ohne Kaffee auskommen und nicht ohne Sauerstoff und würde gern mal Barack Obama in natura begegnen. Sev denkt, dass das vielleicht für Obama vergeudete Zeit wäre. Und für sie auch. Warum filtert der Algorithmus so einen Typ für sie heraus? Welche hohlköpfigen Antworten hat sie denn gegeben? Mit zwei Männern hat sie ein Gespräch begonnen. Der eine Jurist, der andere Manager. Sie weiß nicht, was für einen Mann sie sucht, ob es eine Rolle spielt, was die Manager managen, was die Controller kontrollieren, was es besagt, dass sich jeder auf der Site mit seinem Beruf profiliert. Die Männer schreiben, dass sie sich wieder verlieben möchten oder dass sie eine Kameradin suchen, oder sie behaupten glattweg, dass sie genau dich suchen: Mein Tag fängt gut an, wenn … ich neben dir aufwache. Ach ja?, denkt Sev. Sie denkt an Ernst, Hendriks Vater, an seine Schwermütigkeit. Sie denkt an das Gefühl, das sie im letzten Jahr mit ihm hatte, die Vorstellung, für immer neben ihm schlafen zu müssen. Sie denkt an andere Beziehungen, die sie hatte. Sie denkt an ihre große Liebe, die sie vielleicht nur deswegen ihre große Liebe nennt, weil sie endete, bevor sie abflaute, nicht die Gelegenheit bekam, definitiv zu scheitern. Sie hat keine Ahnung, wie das geht, zusammen sein, das Leben teilen.

»Meine Faust hungert nach Gerechtigkeit!«, ruft Hendrik mit stimmhafter Betonung, aber verhaltener Lautstärke, als schalle dieser Satz von weit her durch die Nebelschwaden über dem Schlachtfeld. Auf Socken sucht sie sich einen Weg durch sein Spiel hindurch. In der Küche macht sie sich Kaffee und ihm Kakao.

Sie hat dreimal mit einem Mann zusammengelebt. Das erste Mal mit Felix, da war sie fünfundzwanzig, und es war noch nicht lange aus mit Jasja, den sie auch Felix gegenüber schamlos ihre große Liebe nannte. Die Beziehung mit Jasja war frei gewesen, sie wohnten jeder für sich, es gab andere, aber sie erzählten einander darüber, wodurch die Intimität zwischen ihnen immer größer war als mit sonst wem. Jasja besaß Intensität, Elan, Originalität, Emotionalität. Er war intelligent, doch seine Intelligenz war ungerichtet. Er studierte jedes Jahr was anderes, Philosophie, Niederländisch, Russisch, Geschichte, Geige am Konservatorium. Von ihrem achtzehnten bis zu ihrem dreiundzwanzigsten Lebensjahr waren sie zusammen, beziehungsweise mehr oder weniger zusammen. Sie war verrückt nach ihm, fühlte sich von ihm verstanden und tief mit ihm verbunden, war aber auch beunruhigt über seine Ziellosigkeit. Freundinnen von ihr fanden, dass er sie ausnutze, und ihr fehlten die Worte, ihnen zu widersprechen. Dass sie manchmal unglücklich war, wenn Jasja mit einer andern zusammen war, wurde als Beweis dafür angeführt, dass sie sich etwas vormachte, wenn sie behauptete, sexuelle Treue sei ihr nicht wichtig. Sie ist jung gewesen damals, er auch, und sie wünschte, sie könnte es jetzt noch einmal anders machen, doch so was ist auf einer Datingsite nicht anzukreuzen.

Sie sieht, wie die Milch im Topf hochsteigt und schäumend über den Rand quillt. Doch erst, als sie die Gasflamme gelöscht hat und ein brandiger Geruch vom Herd aufsteigt, rührt Sev sich. Manche Dinge in ihrer Wohnung waren nur in den vier Jahren, in denen Ernst und sie zusammenlebten, geordnet. Er putzte die Dunstabzugshaube mit einem speziellen Mittel, kratzte das Wachs aus den Kerzenhaltern, gab den Zimmerpflanzen Wasser, und manchmal stärkte er auch die Bettwäsche. Sie tupft die braune Lache mit Küchenpapier vom Herd und verbrennt sich am heißen Eisen. Sie hält die Hand unter kaltes Wasser, bis jedes Gefühl daraus gewichen ist.

Nachdem Jasja weggegangen war, probierte sie mit Felix ein klassischeres Modell aus. Mit Felix machte sie etwas. Sie kauften ein Haus, bauten es um. Sie lernte

Skifahren und Skat, sie luden Freunde zum Essen ein, sie spielten zusammen Tennis. Sie akzeptierte, dass zwischen dem gemeinsamen Leben und ihren eigenen Gedanken und Gefühlen ein Fluss strömte, ein Fluss, der selten zu überqueren war, und sie nahm an, dass es für ihn genauso war. Sie war erwachsen, sie fühlte sich erwachsen, sie hatte das Empfinden, dass die Konturen, die schon lange dafür gezogen waren, von ihr ausgefüllt werden konnten. Sie sprachen von Kindern. Sie wollten damit warten, bis sie jenseits der dreißig waren. Sie wollte gar keine Kinder, aber solange sie noch keine dreißig waren, hielt sie es für am besten, wenn sie diesen Gedanken auf ihrer Seite des Flusses behielt. Nach fünf Jahren, kurz vor ihrem Dreißigsten, verließ Felix sie. Er hatte eine andere. Sie brauche ihn ja gar nicht, sagte er zu Sev. Das war ein Vorwurf und zugleich eine Erklärung. Sie war betrübt. Fühlte sich im Stich gelassen. Brauchte sie niemanden? Wirklich? In welcher Weise hätte sie ihn brauchen müssen? Wie brauchten andere Menschen jemand andern? War das etwas Erstrebenswertes? Sie verkauften das Haus, und Sev mietete ein Einzimmerappartement im Zentrum, das nie zu einem häuslichen oder komfortablen Fleck wurde. Sie arbeitete, verdiente Geld, hatte immer mal wieder einen Freund, nie lange, manchmal auch zwei gleichzeitig. Sie verbrachte eine Woche mit Jasja, als dieser in den Niederlanden war, bevor er endgültig nach Kanada zog, und nach dieser Woche fühlte sich die Leere unendlich viel tiefer an als nach Felix' Weggang. Sie kaufte ihre jetzige Wohnung.

Sie stellt ihrem Sohn den Becher Kakao und einen

Teller Löffelbisquits hin, streicht ihm über den Kopf, der sofort aus der Reichweite ihrer Hand gezogen wird – keine Liebesbeweise während der Gefechtshandlungen –, und setzt sich wieder ans Fenster.

Nach einer Lesung von ihr lernte sie Johan kennen, der ihr etwas zu trinken anbot und ihr erklärte, was großartig an ihr sei. Als sie ihren Mantel anzog, fragte er, ob sie ihn mitnehmen würde.

»Mitnehmen«, fragte sie, »wohin?«

»Wohin du gehst.«

»Ich gehe nach Hause.«

»Dann nimm mich mit nach Hause, mit zu dir nach Hause.« Das durchflutete sie wie eine Welle.

»Dann komm, dann nehme ich dich mit«, sagte sie und sah ihn an, »dann komm mal mit zu mir nach Hause.« Und so hatte es begonnen. Er war dreizehn Jahre jünger als sie und hatte gerade angefangen zu studieren. Er schaute zu ihr auf, ganz anders, als sie zu jemandem aufschauen würde, weil sie das äußerlich lähmen und innerlich rebellisch machen und sie schnellstens das Weite suchen würde, aber Johan fand es herrlich, sie als die ihm Überlegene zu sehen, er sonnte sich in ihr, befragte sie, bewunderte sie so freimütig wie glühend, und im Bett war er umwerfend hingebungsvoll. Sie bezahlte alles, nahm ihn mit zu Essenseinladungen und Auftritten. Er schaute zu ihr auf, aber sie schaute nicht auf ihn herab, sondern bewunderte seine Eleganz, seine Hingabe, wie geistreich und klug er war. Zum ersten Mal seit Jasja war es wieder so, dass sie sich nicht mehr in Richtung dessen bewegen zu müssen glaubte, was als allgemein akzeptierter Rahmen für Beziehungen zu gelten schien. Und ihr war auch, als bedeutete ihre Weigerung, das zu tun, nicht per se, dass sie außen vor blieb, wie es bei den losen Beziehungen der Fall gewesen war, die sie nach Felix gehabt hatte. Einmal kam sie nach Hause, als Johan ein paar Kommilitonen zu Besuch hatte. Sie erschrak, wie jung sie waren, wie viel jünger als sie, etwas, was sie bei ihm gar nicht mehr wahrnahm.

Sie ist ihm auf der Straße begegnet, vor ein paar Wochen, sie hatten sich bestimmt schon fünf Jahre nicht mehr gesehen. Er lebt mit einer Frau zusammen, die Frederieke heißt, sie haben ein Baby. Sev hat ihn mit zu sich nach Hause genommen, so wie sie ihn damals mit nach Hause nahm, ein Zitat, eine kleine Ode an die Erinnerung, und sie sind miteinander ins Bett gegangen, auch das eine Ode an die Erinnerung. Was ist das nur mit der Zeit, fragte sie sich, einst lebte er hier in dieser Wohnung mit ihr zusammen, jetzt war er wieder hier, er war genauso alt wie sie damals, sie hatten beide ein Kind gemacht. Er sei müde von den unterbrochenen Nächten, sagte er. Nächte, die er von nun an für immer neben Frederieke verbringen würde, dachte sie. Sie spürte seine Locken, streichelte seine weiche junge Haut, er fühlte sich unter ihren Händen vertraut an, und ihr war, als tue sich irgendwo in ihr etwas auf, als erwache ihr Körper aus einem Dämmerzustand, dessen sie sich nicht bewusst gewesen war. Ach ja, so bist du, sagten sie immer wieder zueinander, ach ja, das magst du so gern, während sie seinen Hals leckte wie ein Tier. Das hier, dachte sie, das hier einmal die Woche, keine Beziehung, er bleibt einfach bei seiner Frederieke und ihrem Kind, aber einmal die Woche schläft er mit mir, so. Sie musste weinen, aber sie verbarg es, weil sie dachte, er würde kein Verhältnis mit ihr anfangen wollen, wenn er denken müsse, dass sie emotional instabil oder einsam war, und weil sie dachte, sie könnte ihm nicht klarmachen, dass sie vor Glück weinte. Anschließend duschten sie zusammen, sie setzteTee auf, sie zeigten sich auf ihren Handys Fotos von ihrem Kind, sie schauten aus dem Fenster und dann sagten sie einander auf Wiedersehen.

Es erwies sich, dass er überhaupt kein Verhältnis anfangen wollte; was ihn betreffe, bleibe es bei diesem einen Mal, whatsappte er zurück. Am selben Tag hat sie sich bei der Datingsite eingeschrieben. Sie will keinen Kameraden und keinen, neben dem sie aufwachen kann. Will sie sich auch wieder mal verlieben? Sie weiß es nicht, sie will die Haut, die warme Körperlichkeit, die Begierde eines andern, die eigene Begierde. Keine Beziehung, die komplex ist und früher oder später ein Knäuel von Verantwortlichkeiten und Verpflichtungen darstellt. Einen Liebhaber will sie, aber einen sympathischen, und gerne einen mit klarem Verstand.

Nach dem Jahr mit Johan war sie eine Zeitlang allein gewesen, sah ab und zu Jasja, wenn er in den Niederlanden war, und er schlief dann auch bei ihr. Auf einer Party lernte sie Ernst kennen. Ihm fehlte es an Ehrgeiz, aber er war phantasievoll, sanft, fürsorglich. Sie waren beide fünfunddreißig. Sie wollte vielleicht doch ein Kind. Das war ihre Chance.

»Mama?«

»Hendrik.«

»Darf ich mal kurz gucken, ob Simon zu Hause ist?«

»Ja, geh ruhig.«

»Und wenn er nicht zu Hause ist, darf ich dann gucken, ob Koen zu Hause ist?«

»Ja, und wenn der auch nicht zu Hause ist, kommst du dann wieder nach Hause?«

Er zieht seine Turnschuhe an und macht sich auf den Weg.

Auf Fotos aus der Zeit, da Ernst hier wohnte, sind eine Ruhe und ein Glück erkennbar, an die sie sich nicht erinnern kann. Die Wohnung sieht gemütlicher aus, mit Bildern an der Wand und Gegenständen, die so ausgestellt sind, dass Krempel kein Krempel ist, sondern ein sorgfältig komponiertes Stillleben. Von allem geht etwas Geruhsames und Sanftes aus, aus allem spricht Behaglichkeit, Fürsorge und Liebe. Ernst oder sie mit Hendrik, auf dem Schoß, an der Brust, schlafend, lesend, in der Badewanne, im Bett, auf einer Decke im Park. Und es wird wohl gestimmt haben, zumindest in diesen festgehaltenen Momenten. Wenn Ernst tagelang zu krank war, um aus dem Bett zu kommen, und sie ihm Hendrik auf die Brust legte und ein Foto davon machte, vielleicht, um es ihm zu zeigen, vielleicht, um ihn dazu zu bewegen, dass er aufstand und etwas daraus machte, sieht man auf dieser kleinen Reliquie von damals nur jenen Moment, den kleinen weichen Kinderleib auf dem großen warmen Vaterleib.

Der Manager hat ihr eine neue Nachricht geschickt. Auf ihre Frage, was er managt, antwortet er: Menschen, und dass ihm egal sei, was diese Menschen tun oder lassen. »Computer, Krebspatienten, Autos, das ist, was mich betrifft, alles dasselbe in Grün.« Er fragt, ob sie viele Schuhe habe und wie lange sie schon geschieden sei. Sie sagt, dass sie nicht so viele Schuhe habe, und fragt, ob seine Scheidung seinen Glauben an die romantische Liebe unterminiert habe. Sie will keinen, der an die romantische Liebe glaubt.

Nicht bleiben heißt weggehen

Sein Freund hat mit ihr geredet. Oder eigentlich hat er mit Tirza geredet, sie dabei aber auch angesehen. Und *er* hat sie auch angesehen, Rafik, sie kennt jetzt seinen Namen. Sein Freund fragte, was sie machten, wo sie wohnten, auf welche Schule sie gingen, ob sie Schwestern seien. Tirza tat ganz von oben herab. *Mocros*, erklärte sie auf dem Rückweg naserümpfend, als sei damit alles gesagt. Krista hatte auf jeden Fall versucht, in einer Weise dabeizustehen, die Tirzas Überheblichkeit durch Freundlichkeit kompensierte, und er verhielt sich vielleicht ähnlich. Dass sie sich beide nicht so richtig am Gespräch beteiligten, wirkte so, als führten sie eine Art Zwiegespräch, stumm, ohne Worte auszutauschen. Sie hat nicht so ausgesehen, wie sie aussehen wollte. Es drängt sie, oben im Spiegel nachsehen zu können, was er gesehen hat, um abzuschätzen, wie schlimm es war. Sie kann ihr Gesicht noch genauso verziehen wie bei der Verabschiedung, sie muss wissen, wie das aussah. Rafik, ein Name wie eine Farbe, wie ein Vogel, Krista und Rafik. Seine Augen braun, aber auch grün, sein Hals, wie er aus dem Shirt in der dunklen Höhle seiner Jacke aufragt, seine magere Brust, Rafik, Name eines Prinzen, eines Helden, eines Reiters zu Pferd. Feurig.

Im Flur hört sie sie streiten. Sie kann nichts verstehen, aber ihren Namen hört sie heraus. Vor allem Papa redet. Sie werden sofort aufhören, wenn sie reinkommt, sie denken, sie können verbergen, dass sie sich schon tagelang streiten und ihr Vater schon zweimal auf dem Sofa geschlafen hat. Der beige Mantel ihrer Mutter, der an der Garderobe hängt, rückt irgendwas von früher in Gefühlsnähe, wie lange hat sie diesen Mantel schon? Krista denkt an Schwimmunterricht, an vorn im Auto sitzen, während das eigentlich noch nicht erlaubt ist, ihre Mutter, die ihr etwas ins Ohr flüstert, an einen Winterurlaub in Rom, das Kolosseum, trockene Winterluft, ihre Mutter, die im Arm von ihrem Vater sitzt, Allys Kopf auf dem Schoß, und Kristas Hand in ihrer Hand hält und von den Tieren und den Gladiatoren vorliest, die da unten in der Arena ihr Ende fanden.

Als sie die Tür öffnet, schaut ihr Vater auf. Er steht am Tisch, die erhobene Faust unterwegs Richtung Tischplatte. Ihre Mutter sitzt ihm gegenüber und hat die Hände vors Gesicht geschlagen. Er versteinert in der Szene. Terri, von der plötzlichen Stille aufgeschreckt, sieht langsam von ihm zu ihr.

»Tag, Kris.«

»Lass dich nicht von mir stören, hau ruhig auf den Tisch.«

Ihr Vater blickt auf seine Faust.

»Ja. Wir haben Streit.« Ach, echt?

»Ich bin oben.«

»Kris.«

»Ja?« Wenn sie jetzt bloß nicht von ihrer Jacke anfangen, dass die an die Garderobe gehört, sie muss sich aber mit Jacke ansehen können, die Jacke muss sie anhaben, genauso anhaben, wie Rafik sie gesehen hat.

»Das kommt manchmal vor.«

»Mensch.«

»Mach dir keine Sorgen. Wir werden uns schon wieder vertragen.«

»*Whatever.*«

»Was?«

»Ist mir egal.«

»Was?«

»Macht, was ihr wollt!«

»Kris!« Ihre Mutter übernimmt die Regie. Krista ist schon halb die Treppe rauf. »Komm mal zurück.«

»Warum?«

»Dein Ton. Deine Haltung. Deine Jacke.«

Sie sagt nichts, sieht ihre Mutter nur an. Ihre böse Mutter. Krista hat nicht die leiseste Ahnung, warum sie so böse auf ihren Vater ist. Terri hätte gern, dass alle sich so benehmen wie sie, beziehungsweise so, wie sie es will. Sie will, dass Krista später Russisch oder Italienisch studiert, nur weil sie das selbst gern tun würde oder getan hätte und weil sie behauptet, Krista sei sprachbegabt. Das mit dem sogenannten Erben von Begabungen und Eigenschaften ist doch nur ein Mittel, seine Kinder in eine Zwangsjacke zu stecken. Die wissen gar nichts von ihr.

Wenn sie sich entschuldigt, hat sie das vom Hals.

»Entschuldige, Mam.«

»Gut, Kris.«

Unglaublich, dass Eltern diese ganze Scheinheiligkeit für gute Manieren halten.

»Hängst du deine Jacke bitte in der Garderobe auf?«

»Nein, Mam. Die brauch ich mal eben. Aber ich mach es nachher.«

»Gut, Kris.«

Ein lächerliches Spielchen. Sie setzt ihr liebstes Lächeln auf.

»Streitet ihr euch bitte nicht zu laut? Ich möchte gern Hausaufgaben machen.« Bevor ihre Mutter wieder etwas sagen kann, dreht Krista sich um und geht weiter. Dann schlägt sie ihre Zimmertür zu und schließt ab. Langsam dreht sie sich zur Kleiderschranktür um. Krista, in Rafiks Augen. Rafik, umarmt von ihrem Blick. Musik, Geigen oder so was, oder was Arabisches, dicht über dem Boden im Wind wirbelnder Verpackungsmüll, die Sonne, die genau in dem Moment durch die Wolken bricht und ihrer beider Haare wie Flammen zum Lodern bringt. Keine Tirza, kein Mohammed, der Platz als Ebene, die Häuser die Berge. Fingernägel kratzen an ihrer Tür.

»Was willst du?«

»Papa und Mama haben Streit.«

»Ja, na und, lass sie doch.«

»Was glaubst du, was los ist?«

»Keine Ahnung.«

»Ich glaube, dass Mama einen Liebhaber hat.«

»Igitt. Echt?«

»Ja. Papa redet von ihrem Liebhaber.«

»Ach ja?«

»Oder von ›dieser Mann‹ oder ›dieser Philosoph‹ oder ›dieses Arschloch‹.«

»Lass sie doch, Ally.«

»Darf ich hier bei dir bleiben?«

»Nein.«

»Meinst du, sie lassen sich scheiden?«

»Nein.«

»Warum nicht?«

»Das trauen sie sich nicht.«

»Würdest du es nicht schlimm finden, wenn sie sich scheiden lassen?«

»Pfeifen.« Krista zuckt die Achseln.

»Du brauchst auch nichts mit mir zu machen. Ich setz mich einfach auf dein Bett und halt den Mund.«

»Ich hab Nein gesagt.« Kris macht die Tür zu. Unschlüssig steht Ally auf dem Flur. Sie könnte nicht erklären, warum Scheidung zum Schlimmsten gehört, was sie sich vorstellen kann. Aus Kristas Zimmer kommt jetzt Musik. Ally geht in ihr eigenes Zimmer. Ein Liebhaber. Sie schlägt das Wort nach, und ihr scheint, dass *Mann, zu dem eine verheiratete Frau eine außereheliche Liebesbeziehung unterhält* von allen Bedeutungen am ehesten auf die Situation hier zutrifft. Das Wort ist zu schön für das, was es heißt, denkt sie. Und sie denkt an Marina Flakovitz, an deren Gesicht, wenn sie ihre Bälle schlägt, alles an ihr ist Kraft und Richtung und Konzentration. Sie geht zur Treppe, legt sich auf den Boden, den Kopf über der obersten Stufe, sodass ihre Haare darauffallen, fühlt durch ihre Kleidung hindurch den rauen Sisal. Ihr Vater sagt, dass ihre Mutter es *den Kindern* sagen muss. Und ihre Mutter sagt, dass sie nicht weiß, *was* sie denn erzählen soll, sie sagt, dass es keine *Schlussfolgerung* gebe. Und dann sagt sie, dass sie nicht wisse, ob sie bleiben könne. Ally und ihrem Vater, allen beiden, stockt der Atem, sie bekommen keine Luft mehr, und ihnen wird langsam schwindlig. Was bedeutet das, nicht bleiben? Nicht bleiben heißt weggehen. Ihr Vater sagt, dass sie mal ein bisschen Dampf machen und sich *etwas* einfallen lassen solle, wenigstens ansatzweise so etwas wie eine Schlussfolgerung ziehen müsse. Ihre Mutter sagt, immer müsse sie alles allein machen, und das bringt ihren Vater zum Lachen, aber es ist kein fröhliches Lachen, und Ally krümmt sich vor, tja, was ist es, Scham. Sie huscht in ihr Zimmer zurück.

Winter

Wir haben Neuigkeiten

David nimmt zu Baisers getrocknete Eiweißrosetten aus dem Ofen, den er dann höher dreht. Er dünstet Zwiebeln und Knoblauch an, gibt Thymian und Pfeffer dazu, schneidet dann den Sellerie, die Möhren und den Paprika in Stücke. Terri sortiert herumliegende Sachen zu kleinen Stapeln, die sie auf die Treppe legt, für jedes Familienmitglied eine Stufe. Er gibt das geschnittene Gemüse zu den Zwiebeln. Sie wirft etwas in den Abfalleimer und drückt im selben Bewegungsablauf mit der Hüfte eine Schranktür zu, die er hat offen stehen lassen. Er lässt in der anderen Pfanne Speckwürfel aus und brät dann Würstchen in dem Fett an, sie wirft in der Diele herumstehende Schuhe unter die Garderobe, er legt die Entenkeulen in das restliche Fett.

»Ich glaube, Simone isst kein Schweinefleisch mehr.« Sie zeigt im Vorübergehen auf Speck und Würstchen.

»Ach. Wieso denn nicht? Auf einmal? Bist du dir sicher?«

»Ziemlich sicher.«

»Macht sie eine Diät? Oder hat das was mit Glauben zu tun?« Er füllt ein wenig Brühe in die Pfanne, gibt Tomaten, Tomatenpüree und Lorbeer dazu, gießt die Dosenbohnen ab, tut auch sie in die Pfanne und gibt nun alles zusammen. »Ist sie zum Judentum konvertiert?«

»Soll ich sie kurz fragen?«

»Oder Muslimin geworden? Nein.« Cassoulet ohne Schweinefleisch. Simone und Hugo sind ihre besten Freunde. Von ihm eingebracht. Er kennt Hugo, seit sie zusammen Abitur gemacht haben, vor fast dreißig Jahren. Sie haben im selben Jahr geheiratet, ihre Kinder sind ungefähr gleich alt. Er kann sich nicht entsinnen, dass Simone früher auch schon kein Schweinefleisch gegessen hat. Und wieso weiß Terri davon?

»Hast du mit ihr darüber gesprochen? Unabhängig von dem Essen jetzt, meine ich? Oder von irgendeinem anderen Essen? Außerhalb von einem Essen, meine ich? Wie kommst du auf einmal an diese Information?«

»Hä?«

»Wie du daran kommst.« Sie hat einen Stapel Zeitungen in den Händen, ungelesene Zeitungen, er hat keine Zeit für die Welt. Hunger, Handel, Kriege, das ist alles nichts gegen seine eigenen Probleme.

»Wie komme ich woran?«

»Das ist bestimmt eine Modeerscheinung. Kein Schweinefleisch.«

»Möchtest du etwas hiervon aufbewahren?«

»Allesamt nicht gelesen.«

»Ja. Möchtest du etwas aufbewahren?« Er schüttelt den Kopf. Da seine Ehe nun keine unumstrittene Tatsache mehr ist, fragt er sich, wie er das Ganze eigentlich gefunden hat, das, sie. Ist es die ganze Zeit genau das Leben gewesen, das er wollte, hat er nicht jedes Zugeständnis im Tausch gegen das Versprechen lebenslanger Geborgenheit gemacht? Und was weiß er über die Ehe seines besten Freundes? Eine gute Ehe, hätte er noch vor einem Monat gesagt, aber jetzt ist er sich über nichts mehr sicher. Was macht eine Ehe gut, was ist das, dass man mit seinem besten Freund nicht über seine Ehe spricht, nicht richtig, nie richtig, sie zumindest nicht, vielleicht weil man immer dachte, dass die Intimität dieser Ehe über alles gehe.

»Hast du jetzt gefragt: Woher weißt du das alles?« Er nickt. Sie schüttelt den Kopf. Er kippt den Inhalt der Pfanne in eine Auflaufform und macht sich daran, Zwieback zu zerkrümeln, indem er ihn in einer Schüssel unter einer darauf gedrehten kleineren Schüssel zermahlt.

»Haben wir einen Plan? Erzählen wir es einfach, sobald wir alle am Tisch sitzen, erzählst du es? Ich finde, dass du es erzählen musst.«

»Ja, das finde ich auch. Ich erzähle es. Du kannst natürlich auch etwas erzählen.«

»Meine Seite der Angelegenheit.«

»Wenn du willst.«

Er will sagen, das Problem sei, dass es so etwas wie seine Seite der Angelegenheit nicht gebe. Womöglich wird sie sagen, dass sie schon länger nicht mehr glücklich war. Soll er dann sagen, dass er zwar nicht unbedingt glücklich war, aber dass das bis zu dem Moment, da sie ihre Bombe platzen ließ, überhaupt keine relevante Frage war. Glücklich, unglücklich, was will das schon heißen? Sie lebten einfach. Und Liebe war vorhanden. Was soll es sonst gewesen sein? Ob Simone wohl auch mal fremdging, ob Hugo mal fremdging?

»Ich werde nicht viel dazu sagen.«

»Nein.«

»Sie werden wohl etwas darauf erwidern, nehme ich an.«

»Eine Frage stellen.«

»Wer weiß.«

»Sie sind schließlich unsere Freunde.«

Sie sagt nichts. Steht nur da mit diesen Zeitungen in den Händen. Er unterbricht das Verschlagen der Soße.

»Hast du auch von unseren Freunden genug?«

»Ich weiß es nicht, David, diese Freunde gehören einfach sehr zu all dem, wie es war und was ich nicht mehr will.«

Draußen wird es schon dunkel.

»Terri?« Er dreht den Korkenzieher in den Korken. Sie beginnt, die Zeitungen in eine Tragetasche zu stopfen, die Tasche ist zu klein für die Zeitungen, es wird ihr nicht gelingen, an einer Seite reißt die Tasche schon auf. »War das jetzt das erste Mal, dass du fremdgegangen bist?«

»Scheiße, das wird nichts!«

Er nimmt eine größere und stabilere Tragetasche aus dem Schrank und wirft sie in ihre Richtung, doch einem Sinnbild für seinen totalen Mangel an Gewicht und Schlagkraft gleich fällt das Ding wie ein Flieger, der keinen Aufwind mehr hat, zwischen ihnen auf den Boden. Es ist eine Tragetasche von Atac; in solchen Taschen schleppen sie jedes Jahr Crémant und Wein und Wurst und Käse und Cornichons und Tee und Seife aus Frankreich an. Sommerurlaub. Was soll jetzt daraus werden?

»War das das erste Mal, Terri, dass du mich betrogen hast? War es so, dass du glücklich warst mit mir, mit uns, die ganze Zeit, und dass du dich dann verliebt hast, und dass sich da alles für dich änderte?«

»Nein, so ist es nicht.«

»Verlässt du mich wegen Lucas?«

»Nein.«

»Ist doch aber so. Genau betrachtet.«

»Nein.«

»Warum nein?«

»Es ist nicht so, dass ich es, wie soll ich es nennen, das Ding, was immer es auch ist, jetzt mit ihm machen werde.«

»Das Ding, was immer es auch ist.«

»Ja.« Sie stopft die Atac-Tasche voll.

»Ist doch aber so?«

»Nein. Das hier, so wie bei uns, will ich nie wieder.«

»Aber zuerst wolltest du es doch schon ganz lange? So, wie es war? Du hast dieses Leben doch genauso gut zu dem gemacht, wie es jetzt ist, du genauso sehr wie ich.« Er läuft hinter ihr her. »Du hast dich verändert. Wie kann es sein, dass du dich auf einmal verändert hast? Wie hätte ich das denn berücksichtigen sollen?«

»Ich werf das hier mal eben weg, und auch die leeren Flaschen.« Sie steckt das Handy in ihre Tasche, als bräuchte man sein Handy beim Wegwerfen von Glas und Papier, und lässt ihn in der Küche zurück, inmitten der Küche, die, als sie das Haus vor zehn Jahren kauften, als sie dem Komfort eines Neubaus den Vorzug vor dem Charme der Innenstadt gaben, beschrieben wurde als: das Herz des Hauses. Da steht er, einen Kochlöffel in der Hand, inmitten vom Herz des Hauses.

Die Austern sind ausgeschlürft, und sie nehmen die Kinder durch. Hugo und Simone haben entdeckt, dass ihre älteste Tochter Jane die Schule schwänzt und an Schultagen in der Pause Marihuana raucht. Sie ist deswegen für zwei Tage von der Schule verwiesen worden, aber da sie ja beide arbeiten waren, konnte Jane das auch noch als Zugewinn an freier Zeit verbuchen. Sie machen sich Sorgen.

»Dann hockt sie mit diesen glänzenden Augen und diesem geheimnisvollen Grinsen auf dem Sofa und starrt auf ihr Handy, und sie hockt zwar da, aber ihr ganzes Leben spielt sich irgendwo ab, wo mir der Einblick verwehrt ist.«

»Ist sie denn stoned, wenn sie zu Hause ist?«

»Ja, ich denke jetzt jedes Mal, wenn sie dieses liebe Lächeln im Gesicht hat, dass sie stoned ist, ja, denn normalerweise ist sie einfach nur eine unleidliche Pubertierende.«

David ist erleichtert, dass seine Kinder nicht so sind, die sind ja doch ruhiger, oder wie man das nennen soll, ja, er vergegenwärtigt sich, was immer jetzt auch alles Schreckliches geschieht: Die vielen Jahre stabilen Familienglücks haben ein gutes Fundament gelegt. Sie sind über zwölf, er hat gelesen, dass man nur bis zu ihrem zwölften Lebensjahr Einfluss auf seine Kinder hat, vor dem zwölften Lebensjahr muss man alle wichtigen Dinge in ihr System gesteckt haben, von zweimal am Tag Zähne putzen bis hin zum Selbstwertgefühl.

»Aber wir haben doch auch gekifft, als wir siebzehn waren, oder?«, sagt Hugo.

Na ja, du vielleicht, denkt David.

»Ja, aber das war eine ganz andere Zeit.«

»Und das Marihuana war viel harmloser, man wurde nicht psychotisch davon.«

»Ist sie denn schon siebzehn?«

»Wird man dann psychotisch davon?«

»Nein. Nein, sie ist sechzehn, und nein, nein, nein, nicht psychotisch, aber man liest so was. Ich lese so was. Furchterregend.«

»Warum tut sie das?«, fragt Terri.

»Warum?«

»Ja, ist es Rebellion, haben Freunde sie dazu angestiftet? Oder ist sie unglücklich?«

»Nein, Gott, ich weiß es nicht. Die Warum-Frage ist schwierig … Ich würde sagen, Freunde, aber vielleicht wäre das zu einfach. Simone?«

»Ich weiß es auch nicht. Man weiß nicht mehr, was sie denken in diesem Alter. Geht euch das nicht so?«

»Krista und Ally sind sehr offen.«

»Na ja …« Fällt Terri jetzt offen von ihm ab? Gehört das auch zur neuen Situation? »Man weiß nicht, was sie *nicht* sagen.«

»Nein, das weiß man nicht. Das weiß man nie.« Auch nicht von anderen Menschen als deinen eigenen Kindern, denkt David, auch nicht von deinen Freunden, auch nicht von deiner Liebsten, oder was sich so schimpft, man weiß nicht, was alles für sich behalten und verheimlicht wird, was da so gärt und modert. Er steht auf, um das Cassoulet aus dem Ofen zu nehmen, um den Rotwein auf den Tisch zu stellen und die Gläser auszutauschen, die Wasserkaraffe wieder aufzufüllen. Terri bleibt sitzen.

»Jane war schon immer eine kleine Freiheitskämpferin, alles, was ihre Autonomie vergrößerte, hat sie sich schnell angeeignet: laufen, auf die Toilette gehen, ganz anders als Milo … Aber man wünschte, sie würde dabei sichere Wege einschlagen, Drogen, ich weiß nicht, das ist natürlich auch alles furchtbar enthemmend, womöglich hat sie auch schon Sex, wer weiß, ich weiß es nicht, wir wissen es nicht.«

»Nein, nein, echt nicht, das nicht, noch nicht. Diese Kinder sind unheimlich prüde heutzutage.«

»Woher willst du das wissen?«

»Statistik.«

»Nie ein gutes Argument, Huug. Hilf mir bitte mal, Terri.«

»Ja. Nein, Hugo, mit Statistik kannst du wirklich nicht kommen. In individuellen Fällen bringt die gar nichts.«

»Wahrscheinlichkeitsrechnung. Wahrscheinlichkeiten einschätzen. Natürlich bringt das was.«

»Nein, echt, das bringt nichts, die Wahrscheinlichkeit, dass sie nicht durchschnittlich ist, ist …«

»Klein! Die größte Wahrscheinlichkeit ist der Durchschnitt.«

»In den meisten Dingen ist sie nicht durchschnittlich. Bei den meisten Dingen hast du auf überdurchschnittlich getippt, auf die positive Ausnahme von der Regel. So ist es doch, Hugo, oder? Wir genauso.«

»In ihren Auffassungen über Beziehungen, über moralische Fragen, darüber, wie es im Leben läuft, ist sie einfach ganz durchschnittlich sechzehnjährig, konventionell und geradlinig.«

Simone hört nicht mehr zu, sie schaudert bei ihren eigenen Gedanken.

»Sie ist viel zu jung, finde ich.«

»Du weißt, wie du warst, als du sechzehn warst.«

»Ja! Total naiv! Echt!«

»Hormone. Ich erinnere mich gut!« Hugo guckt dabei triumphierend.

»Wir haben Kondome gekauft und in die Schublade gelegt.«

»*Ein* Päckchen?«, fragt Terri.

»Ja.«

»Mit drei Stück? Die nimmt sie natürlich nie, du hättest mindestens hundert kaufen und in einen Karton werfen müssen, damit es überhaupt nicht auffällt, wenn sie was rausnimmt.«

O Gott, denkt David, während er sich zur Spüle umdreht, ein großer Karton Kondome, Terri, die an Kondome denkt, schützt sie sich denn auch, wenn sie mit diesem Arschloch bumst? Kann ihm doch egal sein, sie ist ja ohnehin nicht mehr mit ihm ins Bett gegangen. Ihm wird übel, wenn er an ihr Geschlechtsteil denkt, das von jemand anders in Besitz genommen wird, als werde er selbst dadurch beschmutzt, als vergreife sich dieser Kerl damit an ihm. Und er denkt an Jane und an Krista und ihre erblühenden Körper. O Gott, o Gott, denkt er, diese Lebensphase jetzt, die Kinder, und damit allein, weil ihre Mutter selbst hemmungslos geworden ist, ist das auch hormonell bedingt?

»David!«

»Bitte? Was?«

»Der Wasserhahn!« Er hat den Wasserhahn aufgedreht

und steht davor, mit Ofenhandschuhen an, aber ohne die geringste Ahnung zu haben, bei welcher Handlung er gerade eingefroren ist. Terri dreht den Hahn zu und macht den Ofen aus. Sie stellt den Salat auf den Tisch und das Brot und die Karaffe Wasser und legt zwei Untersetzer hin. Legt ihm die Hand auf den Rücken.

»Komm«, sagt sie sanft, »komm, komm.« Irgendetwas zwischen Einladung und Ermahnung. Er kriegt weiche Knie.

Er stellt die heiße Auflaufform auf die Untersetzer.

»So, niemand plötzlich Vegetarier geworden, hoffe ich? Ich hörte, dass du kein Schweinefleisch mehr isst, Simone, aber da war ich schon beim Kochen.«

»Ja, aber ich halte mich nicht zu streng daran.«

»Du kannst die Wurst ja einfach herausfischen.«

Sie sind einige Male mit der ganzen Familie zusammen im Urlaub gewesen. Terri und er waren dabei immer ein bisschen fies zufrieden mit sich, weil sie sich in dem Gedanken sonnten, glücklicher zu sein, besser zu sein als Simone und Hugo. Urlaub mit anderen ist ein gutes Mittel, die eigenen schlechten Angewohnheiten auf ein Mindestmaß zu beschränken, da man sich unter fremden Augen weniger frei fühlt, eine Funktion, die man als Ehepartner nach einigen Jahren nicht mehr füreinander erfüllt. Und es bot Möglichkeiten, das Bild vom eigenen Leben aufzuhübschen. Ich bin froh, dass du nicht so dumm bist wie Hugo, sagte Terri dann zum Beispiel. Ich bin froh, dass du mich so zum Lachen bringen kannst, sagte David dann, während er die Bergluft aus ihrem Haar aufsog, sein Gesicht an ihren von der Sonne geschmorten Hals drückte, von Glück sprach, dass die Kinder nicht mehr bei ihnen im Zimmer schliefen, und sie auszuziehen begann.

»Ich bin bei einer Naturheilkundlerin gewesen, die mir eine Liste mitgegeben hat, welche Mittel verboten sind. Schweinefleisch unter anderem. Alkohol übrigens auch.«

»Oje.«

»Ich habe sie aufgesucht, weil ich dauernd so müde war.«

»Oh. Das ist blöd.«

»Aber so müde bin ich nun auch wieder nicht.« Simone hebt ihr Glas. Sie lachen. Sie stoßen an. Auf die Freundschaft. Alle tun sich auf, Hugo sagt, wie köstlich es dufte, wie köstlich es schmecke. David sieht Terri an, die nur ein winziges Häuflein auf ihren Teller gefüllt hat. Ist das jetzt der Moment? Sie nickt ihm kurz zu, eine Spur von Irritation in der Miene.

»Schlafen.«

»Was?«

»Schlafen, du brauchst mehr Schlaf, alle schlafen zu wenig. Alle in der westlichen Welt schlafen zu wenig.«

»Keine Sätze beginnen mit ›alle in der westlichen Welt‹, Hugo!«

»Ach nein, na ja, es ist aber wirklich ein Problem.«

Das Gespräch mäandert an allen Themen entlang, an denen es immer entlangführt, gemeinsame Bekannte und Freunde, die Eltern, was man gelesen hat, was man unbedingt lesen sollte, was man sich in letzter Zeit angeschafft hat, Hugo und Simone ein Sofa, und Terri die Bluse, die sie anhat und die David noch nicht als etwas Neues registriert hatte.

»Das ist aber ein toller Stoff.« Ja, ja, das ist ein toller Stoff. David sieht vom einen zum andern, hört auf, sich am Gespräch zu beteiligen, und spürt, dass hinten in seiner Kehle etwas Hysterisches gärt. Er erinnert sich noch, wie Hugo zum ersten Mal von Simone erzählte, von ihrem dicken braunen Haar und dass sie sich geküsst hätten. Wie wenig sie einander damals und im Laufe der Jahre erzählt haben. Nichts weiß er. Man tut sich ein zweites Mal auf, die Gläser werden wieder gefüllt.

»Noch jemand Salat? Nein? Dann nehme ich den Rest.« Sie essen, sie trinken. Hugo fasst Simone an, das tut er ständig, und er scheint sich dessen nicht bewusst zu sein. Sie haben sich mal darüber unterhalten, Terri und er. Sie sagte, dass sie das besitzergreifend finde. Er könne sich das schon herrlich vorstellen, sagte er, wenn jemand, wenn Terri immer wieder die Hand auf ihn legen würde, in Gesellschaft, wie um zu markieren: Du gehörst zu mir. Jetzt wird sie ihn nie mehr so anfassen. Nie mehr anfassen. Sie kauen, sie schlucken.

»Wir haben Neuigkeiten.« Terri hat endlich die Stille gefunden, in die ihr Satz hineinpasst. Hugo und Simone blicken von ihr zu ihm und wieder zurück. Neugierig. Sie sehen nicht, was er sieht, dass ihr Mund verkniffen ist. Hugo schaut sogar erwartungsvoll, der denkt, jetzt kommt etwas Schönes, ein Umzug, ein Kind, ein Romandebüt. Bei dem Gedanken rutscht David ein Lachen heraus, oder zumindest so etwas Ähnliches, es könnte auch ein Aufstoßen gewesen sein. Drei Gesichter drehen sich zu ihm hin, das von Terri spiegelt Verärgerung wider. Sie atmet tief aus.

»Wir trennen uns.«

»Hä?« Nur dieses dämliche Wort und der offene Mund Hugos, aus dem es kam. Dann Stille. Das Kerzenlicht, die Teller vom Service ihrer Oma, die Fettflecken auf den Gläsern, die Hand Hugos, die sich über den Tisch hinweg auf Simones Hand zubewegt. Die Küche, die Vertrautheit des Ganzen, die Fremdheit des Ganzen.

»Ja, ich dachte mir schon, dass euch das verwundern würde.« Terri schiebt ihren Teller von sich weg und verschränkt die Arme. David klemmt unter dem Tisch seine Hände zwischen die Beine.

»Darf ich fragen …« Hugo zieht in etwas zwischen Befürchtung und Entsetzen die Mundwinkel herunter. Es bleibt eine Weile still, bis Terri seinen Satz vervollständigt.

»Warum?«

»Ja. Darf ich fragen, warum?«

»Es ist … aus, ich denke, so nennt man das, was es ist, es ist vorbei. Ich bin … fertig … damit.«

»Aus.«

»Die Warum-Frage ist eine schwierige Frage, Hugo. Es gibt kein einzelnes Warum.«

»Es gibt also keinen …« Simone hat als Variation zu Hugos Mundwinkeln jetzt die Augenbrauen ganz hochgezogen, bis an ihren Pony hinauf. »Einer von euch ist nicht … Es ist kein … Es gibt keinen …«

»Andern?«

»Ja.«

Terri stößt einen Seufzer aus. Simones Augenbrauen senken sich zu einem Stirnrunzeln, und Hugos Mundwinkel bewegen sich auf den Anflug eines ermunternden Lächelns zu. Was ist das für eine Gesichtsgymnastik?

»Ja, ja. Es gibt auch einen andern. Wir machen es am besten kurz. Da wir nie wirklich darüber geredet haben, wie es so läuft, kommt es vielleicht so unerwartet, aber es wäre auch Quatsch, jetzt auf den letzten Drücker plötzlich …«

»Oh.«

»Tut mir leid.« Terri steht auf und fängt an, den Tisch abzuräumen. Als sie alle Teller auf die Spüle gestellt und die Auflaufform und was noch darin übrig ist mit Alufolie bedeckt und in den Ofen zurückgeschoben hat, als sie die Salatschüssel mit allen Messern und Gabeln darin ins Spülbecken gestellt hat, sagt sie mit eigenartiger Stimme: »Ich bin mal kurz weg, ich geh mal kurz nach oben.« Keiner sagt etwas. Terri verschwindet. Hugo streichelt die Hand seiner Frau, Simone starrt auf ihren Teller. David sieht seine Freunde an.

»Ach je, David«, sagt Hugo dann.

Ein Ding sein in seinen Händen

Lucas lässt die Finger über ihren Rücken, über ihren Hintern wandern. Sie hebt ihn an. Es ist später Nachmittag, das Licht ist Frühlingslicht, frisch, klar und dünn. Sie muss gleich nach Hause. Er schaut sie an, versucht, distanziert zu sein, aber das ist schwieriger geworden.

»Ich muss nach Hause.«

»Noch einen Moment.«

»Ich habe Kinderdienst.«

»Magst du das?«

»Ja.«

Sie haben die Tage aufgeteilt, sie ist fünf Tage da, und dann David neun Tage. An Davids Tagen borgt sich Terri das Untergeschoss ihrer Freundin Sanne aus, die ihr immer einen schwer einzuschätzenden Blick zuwirft. Vielleicht ist es Missbilligung, vielleicht fürchtet sie auch, Untreue könnte ansteckend sein. An ihren Tagen quartiert David sich auf dem Dachboden eines Kollegen ein, in einem kleinen Kämmerchen, wo ihn die Angst befällt, wie er pathetisch sagt, dass er das gesamte gemeinsame Leben nur geträumt hat. Terri hält ihre fünf Tage kaum durch, sie bekommt Atemnot, sowie sie über die Schwelle tritt. Das Essen, das sie kocht, misslingt, die mütterlichen Dinge, die sie zu tun hat, kriegt sie nicht auf die Reihe, sie ärgert sich über ihre Kinder, als wären sie nicht mehr Teil von ihr. Sie benutzen ihre Zahnbürste, sie vergessen, die Spülung zu betätigen, wenn sie auf dem Klo waren, sie lassen überall ihre Sachen herumliegen, Ally sagt nichts, und Krista ist patzig. Terri spürt ständig den Schrei in ihrer Kehle, das Ausholen ihrer Hand zum Schlag. Wenn sie zu Hause ist, denkt sie, dass sie überarbeitet ist, dass sie jeden Augenblick umkippen, explodieren, implodieren, eingehen könnte. Aber an den Tagen, da sie nicht zu Hause ist, spürt sie den Freiraum, sie wusste gar nicht, dass so viel Raum in einem Tag ist und dass so viel Raum in ihr ist.

Lucas träufelt Öl auf ihren Rücken. Seine Hände verreiben es mit kreisenden Bewegungen über ihre Haut, er knetet ihre Pobacken, schiebt die Hand dazwischen. Manchmal fragt er sie Sachen über David, über den Sex mit David. Sie will nicht darauf antworten. Das fühlt sich an, als verrate sie David dann, oder sich selbst. David war der erste Mann, mit dem sie ins Bett gegangen ist, und Lucas ist der dritte. Diese beiden Tatsachen kennt David nicht. Sie schämte sich für ihre Unerfahrenheit, und deshalb verschwieg sie, dass es das erste Mal war, ihre Affäre vor fünf Jahren war kurz und blieb an der Oberfläche, es hätte für unnötigen Aufruhr gesorgt, ihm davon zu erzählen. Der Sex mit David ist eine Konstante gewesen, ohne größere Tiefs, relativ unkompliziert. Sie hatten sich technisch aufeinander eingespielt, es war effektiv, es entspannte sie, sie machten es so, dass sie dabei ausgezeichnet an andere denken konnte. Meistens duschte er vorher und sie hinterher. Es drang nicht bis in ihre Seele durch. Nicht nur später nicht mehr, sondern nie. Sie hat das Empfinden, dass sie jetzt erst erwachsen wird. Oder mehr noch, jetzt erst erwacht.

»Und das?«

»Ja.«

»Magst du das auch?«

»Das auch.« Und jetzt ist sie fünfundvierzig, denkt sie unentwegt, jetzt ist sie fünfundvierzig, und in ihrer Kehle wallt eine erstickende Wut auf. Früher, da waren immer Jungs in sie verliebt gewesen, sie war beliebt, sie hat nie viel damit angefangen, es eher als Statusverbesserung betrachtet, als dass sie es wirklich genossen hätte. Schon geknutscht, viel geknutscht, mit den verschiedensten Jungs, wer weiß wo, und gefummelt, ohne je groß mitzumachen, ohne je mit einem nach Hause zu gehen, bei David zum ersten Mal im Beisein eines andern zum Höhepunkt gekommen. Sie denkt an eine Freundin, die erst mit vierzig zum ersten Mal einen Orgasmus hatte, die hatte sich nie getraut, weil das Gefühl zu sehr einem anrollenden Wutausbruch ähnelte. Und ihre Wutausbrüche waren legendär und meistens destruktiv. Terri hat Orgasmen gehabt, solange sie denken kann, aber schiere Wut verspürt sie jetzt erst zum ersten Mal in ihrem Leben, eine Wut, als hätte sie gerade entdeckt, dass sie jahrelang belogen wurde. Sie fühlt sich, das ist es, genauso von David betrogen, wie er von ihr betrogen worden ist.

Lucas hat sich zwischen ihre Beine gesetzt und zieht ihre Pobacken auseinander. Sie drückt das Gesicht ins Kissen. Er lässt sie warten. Sie trudelt in eine rauschhafte Leere. Als er diese dann mit einer einzigen

Bewegung aufhebt, gibt sie Laute von sich, nicht zur Ermunterung, sondern sie entfahren ihr, unkontrolliert, sie schämt sich kurz und gibt sich dann hin. Die Gedanken sollen aus ihrem Kopf verschwinden, sie ist kein Kopf, sie ist ihre Haut, ihre Nervenbahnen, ihre Pobacken, ihr Geschlechtsteil, Lucas stößt die Wut aus ihrem Leib, sie will schreien, alles loslassen, was sich in ihr verfestigt hat, sie will nichts als Körper sein, ein Tier sein, ein Instrument, das er bespielt, ein Ding, ein Ding sein in seinen Händen.

Sie zieht sich an, während er sie anschaut.

»Schön war das.«

»Ja.«

»Ja?«

»Ja.«

»Warum war es so schön?«

Sie knöpft ihre Bluse zu. Sie denkt an Krista und mit welcher Abneigung die sie ansieht. Sie denkt an David und Ally.

»Na? Warum war es schön, dass ich dich so hart rangenommen hab?«

Das »hart rannehmen« macht sie gleich wieder ganz schwach.

»Ich muss nach Hause.«

»Du musst da weg.«

»Ich weiß.«

»Es ist nicht mehr dein Zuhause.«

»Ich weiß.«

»Miete dir irgendwas.«

»Das braucht seine Zeit, Lucas. Ich will etwas, wo

auch die Mädchen wohnen können. Mit drei Schlafzimmern. Keine Ahnung, was ich mir leisten kann.«

»Geh doch der Einfachheit halber mal von deinem eigenen Gehalt aus.«

»Ich bin Schuldnerin der Hypothek auf die Gorterlaan.«

»Verkauf die Gorterlaan.«

»Simplifizier nicht so, Lucas, bitte, so dumm bist du doch nicht, oder?«

»Nein, Schätzchen, so dumm bin ich sicher nicht, aber so klug wie du will ich nicht werden.«

Sie küsst ihn, während er mit den Händen hinter dem Kopf auf dem Rücken liegt, sie weiter anschaut und den Kuss nicht erwidert. Er brüstet sich damit, in den Dingen, die für die meisten Menschen zum Erwachsensein gehören, völlig unbedarft zu sein.

»David will das Haus nicht verkaufen.«

»Dann muss er deinen Teil der Hypothek mit übernehmen.«

»Ich weiß nicht, ob er das kann.«

»Wenn er das nicht kann, müsst ihr verkaufen. Und wieso weißt du nicht, ob er das kann? Rechne es doch aus. Lass es ihn ausrechnen.«

Sie seufzt. Er seufzt auch.

»Lucas.«

»Whatever.«

»Lucas!«

»Ja, Terri.«

»Es braucht einfach Zeit. Alles.«

»Ja, wird wohl so sein.« Er dreht sich um und zieht die Decke über sich. »Ciao. Bis zum nächsten Mal.«

Sie läuft die Treppe hinunter, greift unten zu ihrer Tasche mit Wäsche und ihrer Arbeitstasche und verlässt das Haus. Sie weint, als sie ihr Fahrrad losmacht. Sie fährt aus der Straße hinaus, strampelt die Steigung Richtung Brücke hinauf, als ginge es abwärts, in den Untergrund, dorthin, wo es dunkel ist und die Luft knapp. Sie hat versucht, es David zu erklären. Inwiefern für sie Bewegung allemal besser sei als Stillstand. Er wird böse, wenn sie sagt, ihr Leben stehe still, er findet nicht, dass es stillsteht, er sagt, dass, was sie Stillstand nenne, Gemächlichkeit sei, und dass Gemächlichkeit eine Form von Glück sei, oder eine Phase im Glück – wie sagte er das noch –, auf jeden Fall die Form sei, die ihr Leben habe, und dass sie diese gemeinsam gebaute Realität nicht einseitig aufheben könne. Er pocht darauf, dass er ein Vetorecht habe.

Vor ihr radelt ein junges Pärchen Hand in Hand, sodass sie nicht überholen kann. Sie stellt sich vor, wie sich ihre Lenker verhaken, der Mantel des Mädchens zwischen die Speichen seines Rads weht, die Räder ins Schlenkern geraten, Blech gegen Blech scheppert, ihre Knochen brechen, und die Haut ihrer rosigen Wangen vom Asphalt aufgeschürft wird. Sie wischt sich an ihrem Ärmel die Tränen ab. Vielleicht könnten aus fünf Tagen zwei Tage werden und aus neun zwölf, zwei Tage wird sie wohl aufbringen.

»Wir müssen einfach sagen, dass wir das nicht wollen, dass wir nicht wollen, dass sie hier ist.«

»Aber ich möchte schon, dass sie hier ist.«

»Ich dachte, du findest es mit ihr hier auch grässlich.«

»Ich möchte, dass sie nicht so ist, so, wie sie jetzt immer ist, nur das.«

»Vielleicht könnten wir dann sagen, dass wir lieber allein sind, wenn sie so ist, wie sie jetzt immer ist.«

»Ganz allein?«

»Du und ich, das ist nicht echt allein. Was soll daran schlimm sein? Terri ist nicht ganz dicht.«

»Papa kommt bestimmt nach Hause, wenn sie weggeht.«

»Ja. Vielleicht sollten wir zu David sagen, dass wir nicht mit ihr allein sein wollen.«

»Aber dann sind wir immer mit Papa zusammen.«

»Er ist okay. Besser als sie.«

»Aber ist das nicht traurig für Terri?«

»Traurig? Sie will doch gar nicht hier sein!«

»Aber wir sind ihre Kinder. Sie hat uns selbst gemacht.«

»Sie sagt, dass sie *dieses Leben* satthat, Ally, was meinst du wohl, was das heißt?« Ally fängt an zu weinen. »Ach komm, Al, sie denkt, dass wir ihr das Leben vermiesen.«

»Wir?«

»Wir drei. Das hat sie selbst gesagt.« Krista sucht in der Schublade nach Küchenpapier, einer Serviette, irgendetwas, womit sich Ally ihr rotziges Kindergesicht abputzen kann, findet Chips und wirft sie auf den Tisch, sie kann es nicht ab, wenn Ally so ist, so klein und wehrlos, dass Krista die Tentakel fühlt, die sie an diesem Haus und dieser Situation festschnüren. Sie wirft ihrer kleinen Schwester das Geschirrtuch hin.

»Los, Äffchen, Zeit, groß zu werden.«

»Kris.«

»Tränen abtrocken. Wir müssen uns einen Plan ausdenken. Terri kann jeden Moment nach Hause kommen.« Früher dachte Ally manchmal, dass alle Schauspieler seien, dass alle sie an der Nase herumführten, dass Frau Brakema eigentlich eine als liebe Nachbarin verkleidete Hexe sei, solche Sachen. Dass ihre Mutter jetzt die Muttermaske runtergerissen und sie sich als Nicht-Mutter entlarvt hat, als Schauspielerin, die ihre Rolle leid ist, kommt ihren Kinderängsten verdächtig nah. Krista wird immer furchtbar ungeduldig, wenn sie solche Sachen erzählt, und sie muss sehen, dass Krista hierbleibt, hier bei ihr, damit sie zusammen sind, wenn Terri nach Hause kommt. Genau in dem Moment ist die Haustür zu hören.

»Ich bin da!«

Krista und Ally sehen sich an. Ally putzt sich die Nase am Geschirrtuch ab.

»Schnäuzt du dich etwa in ein Geschirrtuch?«

Krista lässt den Kopf auf die Tischplatte rumsen. »Kris!«

»Entschuldige, Mam.« Ally knüllt das Geschirrtuch zusammen. »Es war nichts anderes da.«

»Krista!« Krista hebt den Kopf. »Sag mal manierlich Guten Tag!«

»Sag doch selbst manierlich Guten Tag.«

Terri setzt sich auch an den Tisch.

»Okay. Wollen wir noch einmal von vorne anfangen?« Keiner sagt etwas. Das hat funktioniert, als ich fünf war, denkt Krista, was denkt die eigentlich? Ally fängt wieder an zu weinen. Terri nimmt die Chips, faltet die Tüte zu, macht eine Wäscheklammer drauf und verstaut die Tüte im Schrank.

»Wir haben gerade davon gegessen.«

»Und jetzt nicht mehr.«

»Ist das so?«

»In einer Stunde gibt es Essen.«

»Was gibt es?«

»Keine Ahnung.« Terri schaut auf die Schultafel, auf der nichts steht. »Was Gesundes.«

»Lecker. Für mich bitte Algen.«

Terri reicht Ally ein Päckchen Papiertaschentücher und legt die Hand auf das weiche braune Haar ihrer Tochter. Es scheint zu helfen, sie hört auf zu weinen. Terri denkt an Läuse, an die Schule, daran, dass sie den Mentoren an dieser Schule sagen müssen, dass sie sich scheiden lassen, muss man das als Eltern, oder soll man es den Kindern überlassen? Wissen sie alle schon längst Bescheid?

»Ally«, sagt Krista, »kommst du mit?«

»Wo geht ihr hin?«

»Wir haben uns gerade unterhalten.«

»Das heißt?«

»Damit machen wir jetzt oben weiter.« Krista erhebt sich, nimmt die Chips wieder aus dem Schrank, sieht Terri dabei an und drückt ihr die Wäscheklammer in die Hand, während Ally aufsteht. Terri tut nichts, schaut nur zu, wie sie sich verziehen. Sie fragt sich, wem sie einen Dienst damit erweist, dass sie hier ist, hier die Mutter mimt, wo es gar nicht gewürdigt wird. David will nicht in dieser Dachkammer hocken, und sie will nicht hier sein. Können sie die Situation nicht einfach so akzeptieren, wie sie ist? Darf sie weg? Zurück in Lucas' tadelloses Haus, wo kein Staub liegt, wo sie sie selbst sein kann? Sie muss duschen, sie klebt. Sie muss einkaufen gehen, kochen, essen, noch mindestens vier Stunden, bis sie ins Bett kann. Sie weiß, dass sie ihre Kinder liebt, aber das Gefühl kann sie nirgendwo mehr in sich finden. Sie legt den Kopf auf den Tisch. Kann das sein? Kann man eines Tages aufwachen und die Liebe verloren haben? Ist sie dabei, verrückt zu werden? Ist Liebe eine Gewohnheit? Oder eine Willensfrage? Ist überhaupt irgendetwas echt, wahr?

»Ich ruf jetzt Papa an.«

»Ich weiß nicht.«

»Sie spinnt rum.«

»Dann macht er sich Sorgen.«

»Sie tröstet dich nicht mal!«

»Vielleicht hat sie nicht gesehen, dass ich geweint hab.«

»Manchmal werden Leute verrückt. Auf einmal. Manchmal werden sie verrückt und bringen ihre Kinder um. Dafür gibt es ganz viele Beispiele.«

»Sei nicht so gruselig.«

»Ich bin nicht gruselig, sie ist gruselig.«

»Sie hat mir die Hand auf den Kopf gelegt.«

»Nachdem sie sich über das Geschirrtuch und die Chips aufgeregt hat.«

»Sie hat die Hand ganz sanft auf meinen Kopf gelegt.«

»Komm, Ally, hör jetzt mal eben auf zu heulen, Mann. Dir läuft Rotz aus der Nase.«

»Tut mir leid.« Sie kann nicht aufhören. Aber es ist

schön, bei Krista im Zimmer zu sein. »Tut mir leid, Kris. Aber sie hat schon die Hand auf meinen Kopf gelegt.«

»Ja, ja, ist gut.«

Komm bitte nach Hause, Pap, Mama spinnt rum. Die Nachricht wurde schon vor einer Stunde verschickt. Er denkt daran, wie viel Arbeit noch wartet, wie wenig er sich dieser Arbeit widmen kann, was er risikiert, wenn er seine Arbeit nicht vernünftig macht. In seinem ersten Schulheft stand in makelloser Schönschrift mit Füllfederhalter vorne drin: *Dein Müssen und Sollen entspricht nicht immer deinem Wollen, doch am besten tust du, was du sollst, und nicht, was du willst. Viel Erfolg in der Schule, David, dein Vater.* Er erzählt Mira, der Kollegin ihm gegenüber, von dieser Erinnerung.

»Oje, David, na das erklärt alles. Schlimm.« Sie hat mit dem Tippen aufgehört und lächelt ihn hinter ihrer Brille hervor an. Sie sind eine Weile still, aber kehren nicht zur Konzentration auf ihre Arbeit zurück.

»Ich stehe vor der Scheidung.«

»Ja, ich hab schon so was gehört.«

»Von wem?«

»Von Elsbeth.« Er hat Elsbeth nichts erzählt. »So ein Mist.«

»Ja.«

»Ich muss nach Hause. Den Kindern geht es nicht gut.«

»Ach.«

»Ich wohne gerade eigentlich nicht zu Hause. Ich übernachte bei Jaap auf dem Dachboden.«

»Ach du je, David, das muss sich mies anfühlen, auf

Jaaps Dachboden. So ein Mist. Werdet ihr euer Haus verkaufen?«

»Ja, sehr einsam. Obwohl es ein großartiger Dachboden ist. Wir wissen es nicht. Wir wissen nicht, was werden soll.«

»Habt ihr Hilfe?«

»Hilfe?«

»Einen Mediator. Familientherapeuten. Finanzberater.«

»Wir waren immer vernünftige Menschen. Beide. Sie auch.«

»Aber was ist denn nun mit den Kindern?« Sie ist hinter ihrem Schreibtisch hervorgekommen und rollt mitsamt Stuhl näher.

»Ich weiß es nicht.« Er wedelt mit seinem Handy.

»Geh!«

»Ja.«

»Ja, natürlich, es sind deine Kinder.«

»Ja.«

Auf dem Weg von der Tür zu seinem Fahrrad ruft er Krista an.

»Hallo, Pap.« Sie flüstert.

»Ich bin unterwegs.« Er grüßt einen nahenden Kollegen mit einer stummen Entschuldigungsgeste Richtung Handy. Er braucht zwar keine Rechenschaft über seine physische Anwesenheit oder so abzulegen, aber er hat trotzdem ein schlechtes Gewissen. Der Geist eines Hörigen, würde Terri sagen, lästernd, liebevoll, früher jedenfalls, jetzt stellt sich heraus, dass sie das vermeintlich Liebevolle nur beisteuerte, um es ertragen zu können, ihn ertragen zu können, Reduktion der kognitiven Dissonanz, gut finden, was du verabscheust, weil du sonst erkennen musst, dass du hoffnungslos in der Schlinge gefangen bist. »Was ist denn los?«

»Mama ist böse.«

»Auf dich?«

»Auf uns. Auf alle.«

»Ich bin in zwanzig Minuten da.« Er radelt so schnell er kann, raus aus der Stadt, rüber über die Brücke.

Fuck you

Sie schöpft die Bratkartoffeln in eine Schüssel, verteilt das Fleisch und die rote Bete auf die vier Teller, gießt Wasser in Gläser, vermengt in einem Schälchen Mayonnaise mit Joghurt, schraubt das Glas Kompott auf. Sie hat ihr Bestes gegeben. Sie hätte dieses Kompott auch noch selbst machen können. Sie zündet eine Kerze an. David kommt herein und schaut auf das Essen. Sieht sie an. Er hat sich umgezogen, trägt jetzt Jogginghose und ein verwaschenes Sweatshirt anstelle der Büroklamotten. Er nimmt ein Bier aus dem Kühlschrank und gießt es in ein Glas. Es sehe köstlich aus, sagt er. Terri ruft nach oben. Ally und Krista setzen sich auf ihre Plätze. Krista hat sich die Augen angemalt.

Sie essen. Ally fragt ihre Eltern griechische Götter ab, und David freut sich diebisch, dass er mehr Antworten richtig hat als Terri, sagt sich aber, dass dem nicht so wäre, wenn sie sich ihm intellektuell nicht so überlegen fühlte. Sie findet, dass er stillsteht, doch sein Wissensvorrat ist riesengroß. Das ist einfach so. Krista stochert in ihrem Essen herum, während sie mit einer gewissen Boshaftigkeit im Blick in die Runde schaut, was nur von Terri bemerkt wird. David sieht seine Frau an. Was hat sich geändert, denkt er, diese Frage plagt ihn wie ein Juckreiz. Was hat sich geändert, was unterscheidet diese Mahlzeit von den hunderten anderen

Malen, die sie in dieser Anordnung an diesem Tisch gegessen haben? Vielleicht die beängstigende Einsamkeit, die er empfindet, die Erkenntnis, dass es etwas gibt, das nur so lange besteht, wie man nicht aufhört, daran zu glauben. Dass man, sowie man aufhört, daran zu glauben, zu einem Sammelsurium aus separaten Leben und geheimen Gedanken wird, die nur irgendwann einmal durch eine jetzt erloschene Kraft zusammengebracht wurden.

»Griechische Götterwelt ist doch Gymnasium, oder?«

»Mir macht das einfach Spaß.«

»Dir hat das früher auch Spaß gemacht.«

Krista sieht sie an. Es ist die Pubertät, denkt Terri, es ist die Pubertät und keine totale persönliche Ablehnung, weil sie mich hasst, weil sie mich blöd findet, sie ist ein Kind, aber das hat sie selbst vergessen.

Morgen hat ihre Mutter Geburtstag, sie fahren alle zusammen hin. Sie schläft zu Hause, David auch, sie fahren als Familie nach Wassenaar, und diese Familie muss aus irgendwelchen harmoniestiftenden Gründen jetzt schon anfangen. Ihre Eltern wissen von nichts. Soll sie die Kinder instruieren, den Mund zu halten? Soll sie ihre Eltern heute Abend anrufen? Eine Option so wenig verlockend wie die andere. Ihre Mutter wird weinen, und ihr Vater wird denken, dass es Davids Schuld ist, es werden morgen noch andere Gäste da sein, da wird keine Zeit zum Reden sein, und es würde ihrer Mutter den Tag verderben. Am einfachsten wäre es, wenn die Kinder nicht mitkommen, aber sie gönnt es Krista nicht, dass sie so allem entgeht, und Ally hängt seit Beginn der Krise an Familienangehörigen wie eine Zebramanguste.

Donnerstag oder Freitag, wann war es noch, hat Terri sie das Fotoalbum von ihrer Hochzeit anschauen sehen, dabei war sie selbst noch nicht mal auf der Welt, als sie heirateten. Vielleicht hatte David es ja aus dem Schrank genommen, nach der Quelle des Unheils forschend, zu verstehen suchend, wie dieser Bund fürs Leben vorzeitig scheitern konnte, und es auf dem Tisch liegen lassen. Die beiden sind gleichermaßen sentimental. Sie muss ihre Schwester Lotte anrufen, ihr einschärfen, dass ihre Eltern es immer noch nicht wissen.

»Das mit dem Mittelfinger stammt auch aus dem alten Griechenland, wusstest du das?«

»Mit dem Mittelfinger?«

»Den Mittelfinger hochstrecken, den Stinkefinger zeigen.«

»Was hat es denn da bedeutet?«

»Einfach genau dasselbe.«

»Fuck you.«

»Ja.« David steht auf, um sich noch ein Bier aus dem Kühlschrank zu holen, sein läppischer kleiner Beitrag erfüllt ihn mit Triumph. Ally schaut ihn an, Krista schaut auf ihren Teller, David schaut seine Frau an, Terri schaut ihre älteste Tochter an.

»Iss, Krista!«

»Ich mag keine rote Bete.«

»Früher hast du sie aber immer gemocht.«

»Früher hast du auch Papa gemocht.«

Ally isst das ganze Kompott auf. David gießt das Bier langsam in sein Glas und zerdrückt die Dose dann in der Hand. Terri stochert genauso lustlos und unglücklich und wütend in ihrem Essen herum wie ihre älteste

Tochter. Dass David böse auf sie ist, zynische Dinge sagt, sie kritisiert, ihr zu verdeutlichen sucht, dass sie kein eigenes Leben haben darf, dass ihre Gefühle auf den Prüfstand müssen, bevor sie eine Daseinsberechtigung erlangen, das ist ja noch alles zu verstehen, so schrecklich es auch ist, aber warum sollte sie sich vor ihrer fünfzehnjährigen Tochter rechtfertigen müssen? Was weiß die denn schon vom Leben, von der Liebe, von ihren Eltern, von ihr als Mensch, als Individuum.

»Wir müssen mal eben über morgen reden.«

Niemand sagt etwas.

»Wir müssen mal eben darüber reden. Ich halte es für das Beste, wenn wir nichts sagen. Es wäre total blöd, das morgen zu erzählen, wenn alle dabei sind. Ich möchte das gern allein machen. In Ruhe.«

»Allein machen?«

»Ja, oder mit dir gemeinsam.«

»Was wahrscheinlich schon etwas an der Geschichte ändert.«

»Ja.«

Stille.

»Es sind meine Eltern.«

»Ja.«

Stille.

»Okay, das ist also abgemacht?«

»Darf ich vom Tisch aufstehen?«

Terri sagt nichts. Niemand sagt etwas. Nach einer Weile steht Krista auf, nimmt ihr Handy aus dem Korb und geht nach oben.

»Montag bekomme ich den Schlüssel.« Dann halt die praktischen Dinge.

»Oh.«

»Ich habe mich gefragt, ob du mir bei einigen größeren Sachen helfen könntest.«

»Ich arbeite Montag.«

»Danach.«

»Ich stehe auch auf. Ja?«

»Ja. Keinen Nachtisch?«

»Nein danke.« Ally stellt ihren Teller auf die Spüle und geht nach oben.

»Findest du es nicht schmerzhaft, so von diesem Schlüssel anzufangen, Terri? Findest du das nicht gefühllos?«

»Das Ganze ist sehr schmerzhaft. Aber an diesem Schlüssel liegt das nicht.«

»Ach, du findest das Ganze also schon auch sehr schmerzhaft?«

»Ja. Es ist zum Beispiel sehr schmerzhaft, dass keiner etwas sagt.«

»Keiner etwas?«

»Abgesehen davon, dass es dieses Fuck you schon seit dem klassischen Altertum gibt.« Sie sieht aus, als würde sie ihn am liebsten schlagen. Und er könnte sie würgen.

Heute Abend, denkt Krista, wenn hier in der Gorterlaan alle schlafen und sie sich rausschleicht und ihn dort trifft … Sie legt ihr Handy aufs Kopfkissen und schlüpft unter die Bettdecke. Er, Rafik, hat ihr gewhatsappt, dass er sie sehr gerne sehen würde, dass er sich oben an der Lärmschutzwand mit ihr treffen möchte, wenn sie will, um zwölf Uhr oder früher, sobald sie kann. Er hat mit arabischen Worten unterzeichnet, die sie sich von

Google Translate hat übersetzen lassen, »süßer als Honig« bedeuten sie. Sie muss das immer und immer wieder lesen. Sie denkt an seine dunkelbraunen Augen, an sein Haar, an den Flaum auf seiner Oberlippe, sie weiß nicht, wie alt er ist, er muss siebzehn sein oder vielleicht sogar achtzehn, er ist so ernst und so besonders, und er ist an ihr, Krista, interessiert, er findet etwas an ihr, und sie würde so gerne wissen, was es ist. Sie klappt ihre Zunge im Mund um und saugt darauf, bewegt die Zunge wie bei einem Zungenkuss mit ihm. Ob sie sich das traut? Tirza hat es schon mal gemacht und sagt, sie könne null dran finden. Sie hätte Tirza noch mehr fragen müssen, jetzt weiß sie nichts, oder auf jeden Fall zu wenig. Sie greift zu ihrem Handy. *Ich will dich hier auf den Knien mit meinem Schwanz in deinem Mund.* Einen schaurigen Moment lang denkt sie, dass Rafik ihr das schreibt, aber dann geht ihr auf, dass das nicht ihr Handy ist, und das Blut schießt ihr in die Wangen, es ist das Handy von ihrer Mutter. Sie wirft es von sich und steht vom Bett auf, weiß nicht, was sie tun soll, fixiert das Handy auf dem Bett, als wäre es eine entsicherte Granate. Ihre Mutter auf den Knien … Sie spürt, wie sie weiche Knie kriegt und ihr ganz flau im Magen wird. Sie zieht eine andere Jeans an, streift ein sauberes schwarzes Shirt über. Betrachtet ihr Gesicht im Spiegel, knetet ihre goldbraunen Locken. Gott sei Dank sieht sie keine Terri-Züge. Von unten hört sie laute Stimmen. Sie streiten sich, ihr Vater, der Luschi, und ihre Mutter, die Hure. Sie entsperrt das Handy mit dem Datum ihres Hochzeitstags. Die Nachricht stammt von Lucas, dem Liebhaber ihrer Mutter, ihrem Freund, diesem

Arschloch, diesem Philosoph. Sie liest mit halb abgewandtem Gesicht Fetzen von dem, was er sonst noch geschrieben hat, Sachen über den Körper ihrer Mutter, Sachen, die er mit ihr machen will. Sie gibt in das Fenster ein: *Heut Abend lutsch ich den Schwanz von meinem Mann*, löscht den Text wieder, wenn Tirza doch nur hier wäre, die würde dafür sorgen, dass sie sich traut. Und dann löscht sie den gesamten Chat. *Sind Sie sich sicher, dass sie alle Nachrichten löschen wollen?* Ja. Kein Zurück. Dass sie sich das traut! Soll sie noch mehr Chats löschen, damit es so aussieht, als hätte sich eine Art Pacmanvirus durch dieses Handy gefressen? Ob ihre Mutter sie verdächtigen wird? Oder wird sie denken, dass eine höhere Macht im Spiel ist? Wahrscheinlich wird sie es David in die Schuhe schieben. Krista löscht auch noch Lucas' Telefonnummer aus dem Adressbuch. Das muss sie Tirza erzählen. Sie tuscht ihre Wimpern noch mal nach. Sie findet sich ganz passabel.

Als sie die Treppe runtergeht, hören ihre Eltern auf zu reden. Sie sitzen immer noch am Tisch, ihr Vater hat eine Flasche Wein aufgemacht, die er mit der rechten Hand umfasst, sein Glas hält er in der linken. Die Bierdosen stehen auch noch auf dem Tisch, und ihre Teller. Ihre Mutter weint. Krista sieht ihren Mund an, ihren offen hängenden nassen Mund. Ihr wird schlecht davon. Sie muss die Handys wieder austauschen. Streiten ihre Eltern die ganze Nacht weiter, schläft David auf dem Sofa, kann sie heute Nacht überhaupt weg?

»Kommst du doch noch einen Nachtisch essen? Es gibt Eis.«

»Äh, nee. Ich hab mich gefragt, ob ich morgen echt mitmuss. Ich fahr lieber ein anderes Mal nach Wassenaar. Bei so ’ner großen Feier macht das doch eh nichts aus. Und ich hab ganz schön viele Hausaufgaben.« Terri sieht sie an.

»Ach ja?«

»Ja.«

»So.« Es sieht nicht danach aus, dass sie ihr antworten werden.

»Ich bin kurz zu Tirz.«

»Und was ist mit deinen Hausaufgaben?«

»Ich muss ein Buch bei ihr holen. Danach fang ich an.« Sie trödelt beim Korb herum, tauscht dann schnell die Handys aus. Fingerabdrücke, denkt sie.

»Ich bin gleich wieder zurück.«

»Was meinst du, was sie vorhat?«, fragt Terri, als die Haustür ins Schloss gefallen ist.

»Sie holt ein Buch bei Tirza«, sagt David zerstreut. Wo waren sie stehen geblieben? Terri war in Tränen ausgebrochen und sagte, dass sie furchtbar unglücklich sei, und das war so viel mehr als alle Vorwürfe der letzten Wochen, dass er darin eine Chance gesehen hatte, die sich auftat. Wenn sie so unglücklich ist, dann ist das jetzt also keine Lösung. Dann ist das jetzt vielleicht nicht der unvermeidliche Weg, dann kann das Ganze vielleicht doch als vorübergehende Anwandlung betrachtet werden.

»Wo waren wir?«

»Nirgendwo. Es ist alles sinnlos.«

»Du sagtest, dass du unglücklich bist.«

»Ja.«

»Magst du mir erzählen, warum du unglücklich bist?«
»Nein. Es ist einfach so.«
»Versuch doch mal, mit mir zu reden.«
»Nein.«
»Macht dieser Lucas dich nicht glücklich?«
»Sag nicht ›dieser Lucas‹.«
»Macht Lucas dich nicht glücklich?«
»Lucas hat nichts damit zu tun.«
»Wie denn das? Lucas ist …«
»Lass ihn da raus.«
»Aber wenn er nicht gewesen wäre …«
»Dann wäre etwas anderes gewesen.«
»Das glaube ich nicht.«
»Ach nein?«
»Nein.« Er hat unversehens doch wieder angefangen zu schreien. »Das ist eine ordinäre Verliebtheit und eine ordinäre Midlifecrisis, wärst du doch bloß Fallschirmspringen gegangen, verdammt, oder sonst was für ein Klischee, aber nicht dieses Klischee, und sag jetzt nicht, dass das nicht wahr ist!«
»Das ist nicht wahr.«
»Lügnerin.«
»Ich bin aufgewacht. Unser Leben ist eine Lüge. Ein schlapper Aufguss von einem Leben. Ich bin unglücklich.«
»Terri.«
»Lucas war der Katalysator.«
Er jault auf.
»Du warst glücklich. Gib zu, dass du glücklich warst.«
»Ich war es, ja, aber jetzt bin ich es nicht mehr.«
»Bis wann?«

»Bis vor zwei Jahren, glaube ich, ich weiß es nicht genau.«

»Was ist da passiert?«

»Nichts.«

»Nichts?«

»Das Fass war ganz einfach leer, David, nichts anderes.« Er kann es nicht glauben.

»Ich möchte nicht, dass du hier schläfst.«

»Okay. Dann gehe ich.« Sie nimmt ihr Handy und ihre Schlüssel, sonst nichts, und verlässt das Haus. Sie kann nicht mehr zu Sanne, mit der hat sie sich zerstritten. Sanne lehnt alles, was sie macht, ab, die ist keine Freundin mehr, sondern Zeugin der Anklage. Terri nimmt ihr Fahrrad. Sie will nicht zu Lucas. Sie will doch zu Lucas. Sie will nicht zu Lucas, weil sie sonst nirgendwo hinkann. Sie will sich für ihn entscheiden und ihn nicht als den bequemen Weg sehen, das hat sie sich selbst geschworen: Nur bei ihm sein, wenn du das wirklich willst. Sie will es bis jetzt so gut wie immer, aber im Moment fühlt sie sich müde und lustlos und hässlich, und sie muss morgen früh wegen des Autos wieder hier sein, wegen des Geschenks, wegen eines Kleids anstelle der Hose. Montag bekommt sie die Schlüssel für ihr Appartement, drei Türen von dem Haus entfernt, in dem sie wohnte, als sie zwanzig war, ihr Leben bewegt sich im Kreis. Was, wenn sie nicht gegangen wäre, was, wenn Lucas nicht gewesen wäre, was, wenn David weniger fad wäre, weniger ängstlich, was, wenn sie ihn nie kennengelernt hätte, was, wenn sie früher in ihrem Leben die Kraft von Sex entdeckt hätte? Was, wenn das Leben auf einer Verkettung von

Zufälligkeiten beruht, was, wenn es das jetzt gewesen ist, was, wenn sie nun zurückwill und alles kaputt ist? Sie braucht nur an Davids gequältes Gesicht zu denken, und sie weiß, dass sie nie mehr zurückwill. Sie steigt ab und kauft im Supermarkt Zigaretten und ein Feuerzeug. Was, wenn sie wieder zu rauchen anfängt, nach siebzehn Jahren, warum nicht? Auf einer Bank am Fluss zündet sie sich eine an, inhaliert und holt ihr Handy hervor, um Lucas zu lesen.

Die Flasche Wein ist leer, er ist ein wenig unsicher auf den Beinen, doch er fühlt sich besser. Terri ist nicht zurückgekommen, die Mädchen schlafen, es ist elf Uhr. Im Bett kämpft er sich, den Laptop auf dem Schoß, durch einen albernen psychologischen Test, der zu einem Teil darin besteht, sich zwischen mehreren Abbildungen zu entscheiden: runden Formen und eckigen, Pfeilen nach links oder nach rechts, Schloss oder Bauernhof, Rose oder Tulpe, etwas Blauem oder etwas Rotem. Anschließend erstellt er ein Profil. Mann sucht Frau. Er versucht, etwas Nettes über sich zu schreiben. Das ist nicht leicht, was ist noch mal nett an ihm? Bei der Frage: Früher dachte ich … trägt er ein: *Dass ich mein Leben lang mit ein und derselben Frau verheiratet bleiben würde.* Danach kommen ihm die Tränen. Aber das liegt auch am Wein. Er scrollt durch die Profile der Frauen in seiner Kategorie, zwischen vierzig und fünfundfünfzig (oder ist vierzig zu jung?), nicht mehr als fünfundzwanzig Kilometer von ihm entfernt, mit oder ohne Kinder und ohne Kinderwunsch. Es sind sehr viele, sie sind alle auf der Suche, vielleicht ja auch nach ihm, er liest die Varianten auf die Leier Mein Leben ist schön, reich und erfüllt, aber irgendetwas fehlt darin, vielleicht bist du das, und vielleicht ist es Liebe. Die Vorstellung, mit einer anderen Sex zu haben, ohne jede Verpflichtung, beschert ihm eine Erektion und Bauchschmerzen. Er hängt ein Foto an, das Foto, das Terri in Berlin von ihm gemacht hat. Darauf kneift er die Augen ein wenig gegen die Sonne zusammen, er sieht glücklich aus, unrasiert und entspannt, verwegener, als er es ist. *Bist du der Mann, der mein Leben komplett macht?* So ein Mann nicht, nein. *Mein Soulmate?* Er dachte mal, dass er das sei, aber er wird es wohl nicht sein. *Bist du die Frau, die mich mal kurz den ganzen Mist vergessen machen kann?*, so etwas schreibt man nicht hin, das nimmt nicht für einen ein. Er hört Schritte auf der Treppe, ist Terri nach Hause gekommen? Wenn dem so ist, schickt er sie weg, er wird sagen, dass sie gehen muss, wenn sie nicht will, dass er sie schlägt. Er springt aus dem Bett und verlässt das Zimmer. Die Schritte auf der Treppe kommen zum Halt.

»Terri?«

»Nein, ich bin's.« Krista. »Ich geh wieder schlafen.« Ihre Schritte nach oben.

»Okay.« Er geht weiter, an ihrer Tür vorbei, die wieder zu ist, nach unten, trinkt zwei Gläser Wasser, nimmt sein Handy aus dem Korb. Nachricht von Terri. *Wenn das deine Vorstellung davon ist, das Problem zu lösen, kannst du einem leidtun. Okay, du hast es also gelesen. Du bist wütend, nehme ich an. Weißt du, das ist mir scheißegal, ich bin auch wütend, es ist armselig und gemein von dir, ich wollte das aufheben.*

In den ganzen Chats ist mehr Liebe als in dir. Fuck you. Auch auf Altgriechisch. Eine weitere Nachricht: *Arschloch*. Ihre Vorwürfe beginnen auszuufern, es ist ihm schleierhaft, was sie jetzt wieder hat. Er denkt an das Bonbonglas in seinem Computer, diese üppige Wiese der Bereitschaft. Bereitschaft zu, zu … was? Er denkt an Kollegen, die ihre Date-Abenteuer teilen, er immer nur mit halbem Ohr dabei, andere Welt, aber jetzt auf einmal doch nicht abgeneigt. Wenn er mit einer anderen schlafen würde, wenn er einer anderen gefallen könnte, wenn ihm eine andere gefallen könnte, vielleicht würde sich diese Ehe dann hinter ihm pulverisieren, vielleicht könnte er den Terri-Move machen, einfach den Blick verlagern, woanders etwas Neues sehen, sich blenden lassen, und dann später schauen, wie es weitergehen soll, vergessen, wofür man immer gelebt hat, vergessen, was man alles wichtig fand, einfach nicht auf die Scherben links achten, sondern nur auf den Glanz rechts. Er öffnet den Kühlschrank, zieht ein paar Scheiben Salami aus dem Plastik und schraubt ein Glas Gewürzgurken auf. Er isst die ganze Salami auf und sucht, die Gewürzgurken knabbernd, im Vorratsschrank nach Chips oder dergleichen. Auf einmal wird ihm bewusst, dass er sich mit diesem Foto ziemlich weit vorgewagt hat. Womöglich sieht das jemand, der ihn erkennt, jemand, der Terri kennt, jemand, der ihn als Vater von Krista oder Ally kennt, jemand von seiner Arbeit.

Als David auf dem Weg zurück nach oben an ihrer Tür vorbei ist, öffnet sie sie und huscht auf Socken nach unten und zur Haustür hinaus, zieht draußen ihre Schuhe an, Viertel vor eins, sie rennt zur Lärmschutzwand. Um zwölf hat sie gewhatsappt, dass sie später kommt, aber er hat nicht geantwortet und nicht mehr reingeschaut. Sie verlangsamt ihre Schritte, als sie nach oben läuft und zündet sich eine Lucky an. Er sitzt noch da, kerzengerade, in einer Dschellaba und mit geschlossenen Augen. Sie tritt ihre Kippe aus und setzt sich wortlos neben ihn. Ohne sie anzusehen, sagt er: Da bist du. Ihr Bauch zieht sich zusammen.

»Tut mir leid, mein Pa war immer noch wach.«

»Wie ist dein Vater so?«

»Nichts Besonderes. Irgendein Beamter, der sich von meiner Mutter trennt.«

»Hat er eine andere?«

»Nein, sie hat einen andern. Und du?«

»Mein Vater ist tot. Ich wohne mit meiner Mutter und meinem Bruder und zwei Schwestern zusammen. Ich bin der Zweitälteste, mein älterer Bruder Ali wohnt nicht mehr zu Hause.«

»Seid ihr Muslime?«

»Ja.« Und dann ist es still. Minutenlang. Vielleicht sogar eine halbe Stunde lang. Sie gräbt in ihrem Kopf nach etwas, was sie sagen könnte. Die Zeit verstreicht. Langweilt er sich? Sie dreht sich zu ihm hin und betrachtet sein Profil.

»Rafik.«

»Krista.« Wieder ihr Bauch, heftig. Er holt jetzt sein Handy hervor, sucht etwas darauf, sie schaut auf sein Gesicht, durch das Display von unten angestrahlt. Er ist so schön, so anders als alle, die sie kennt, und dann schallt Musik durch die stille Nacht, und er legt den

Apparat auf die Eisenbank, steht auf, zieht sie hoch und beginnt zu tanzen. Rafik dreht sich um die eigene Achse, die Dschellaba wirbelt ihm um die Beine, darunter trägt er Jeans. Die Musik ist arabisch, sie kennt sie nicht, sie tanzt auch, ein bisschen jedenfalls, sie wiegt sich in den Hüften. Es ist ganz eigenartig. Das kann sie Tirza nicht erzählen. Niemand kann sie das erzählen, höchstens Ally vielleicht. Als das Stück zu Ende ist, macht er die Musik aus.

»Soll ich dich nach Hause bringen?«

»Bis an die Ecke.« Er geht langsam nach unten. An der Ecke nimmt er ihre Hände in seine Hände. Im Licht der Laterne schauen sie einander ins Gesicht. Er sagt ihr Gute Nacht, legt die Hand auf seine Brust und verneigt sich. Dann dreht er sich um und geht weg.

Sie biegt um die Ecke, vielleicht küsst er sie nicht, weil es ihn ekelt, dass sie raucht? O Gott, das Blut schießt ihr in die Wangen. Dürfen Muslime nicht rauchen? Sie will in ihre Straße hineinlaufen, da sieht sie ihre Mutter, mitten in der Nacht ihre Mutter, sie stemmt beide Hände gegen die Tür und dehnt ihre Waden. Krista steht auf der gegenüberliegenden Seite im Dunkeln, halb verdeckt von Autos, und sieht ihr zu. *Ich will dich hier auf den Knien mit meinem Schwanz im Mund.* Alles hat sie kaputtgemacht. Alles. Und Krista beschließt in diesem Moment, dass sie nie mehr mit ihr reden wird.

Sie öffnet ihre Haustür, beziehungsweise ihre Haustür ist es streng genommen eigentlich nicht mehr, und geht rein. In der Küche brennt Licht, niemand hat den Tisch abgeräumt. Ihr Gesicht ist klebrig von Schweiß und

Tränen, sie wäscht es sich an der schmutzigen Spüle, aufräumen wird sie nichts, sie hat schon gekocht. Sie hofft, dass die Bettdecke noch unten liegt, sodass sie das Sofa nehmen kann, ohne dass es jemand merkt. Dass er aus ihrem Handy verschwunden war, hatte sie in Panik versetzt. Alles nur ein Traum … Sie war ein wenig benommen gewesen von der Zigarette, sie musste zu ihm, um sich zu vergewissern, dass er noch existierte, dass es noch einen Draht zwischen ihnen gab, eine Möglichkeit, ein Motiv dafür, dass sie sich selbst den Ast absägte, auf dem sie saß. Und ihn um seine Nummer zu bitten und die wieder in ihr Handy einzugeben. Sie radelte über die Brücke, war unsicher, sie hätte sich die Haare waschen, etwas anderes anziehen sollen. Sie fühlte sich nicht stark, wollte sich aber so fühlen, wollte schwach sein, wollte, dass er ihr sagte, was sie tun sollte, sie, die immer allen sagt, was sie zu tun haben. Sie fuhr in seine Straße hinein, klingelte, sie hat einen Schlüssel, den sie aber nie benutzt. Sie wollte, dass er sich ihrer annahm, dass er lieb zu ihr war, dass er ihr übers Haar streichen und sie unter die Dusche stellen und ins Bett legen würde und dass er zärtlich war, sich Zeit nahm, mit ihr schlafen würde, wie man es tut, wenn man von Liebe übermannt ist.

»Wow«, sagte er, als er die Tür aufgemacht und sie von Kopf bis Fuß gemustert hatte, »das ist fix.« Er ging rückwärts, und sie trat über die Schwelle, schloss leise die Tür und ging ins Wohnzimmer, wo er stehen geblieben war, den Tisch im Rücken, und nun seine Hose löste. Zum ersten Mal dachte sie: Er ist widerlich. Aber irgendetwas in ihr fand, dass sie seine Widerlichkeit verdient hatte, dass sie sich ihr unterwerfen musste. Es war eine Strafe, eine Strafe dafür, dass sie ihre Familie verließ, eine Strafe dafür, dass sie ihrer Lust nachging, eine Strafe dafür, dass sie ebendiese Lust in sich jahrelang vernachlässigt hatte, eine Strafe dafür, dass diese Lust überhaupt in ihr war, ein verborgenes Gefühl von Wertlosigkeit, das erkannt, gestillt und bestätigt wurde, wenn sie sich benutzen ließ, so, hier, so, wie er es wollte. Sie hatte David nie oral befriedigen wollen, sie weiß nicht mehr, warum nicht, es widerstrebte ihr. Lucas präsentierte ihr seinen Schwanz, als wäre es ein Schatz. Wie einfach war die Welt, wenn man immer recht hatte, wie reibungslos das Dasein, wenn man nichts als Ordnung und Überblick davon verlangte, wenn man Sex ohne dessen schmuddelige Seiten hatte, und solange man der Machtgier und dem Versauten in sich oder im andern auszuweichen wusste. Dass er sie streichelte, das wollte sie, dass er lieb war, zärtlich und väterlich, deswegen war sie hergekommen, nicht wegen dem hier, aber wenn es denn sein sollte, dann eben das hier. Was mochte er denken, wenn er nach unten schaute und sah, wie sie sich bemühte, ihre Sache gut zu machen, und zugleich dem Bild, das sie schuf, zu entkommen. Fünfundvierzig verdammt, dachte sie.

Eine Bettdecke liegt nicht mehr da, nur die olle Wolldecke, von der David sich nicht trennen will und vor der es sie ekelt, als legte sie damit ihn selbst um sich herum. Aber es ist kalt, sie braucht diese Decke. Sie breitet einen weichen Schal über das zu dicke Sofakissen mit dem gerippten Bezug und dann ihren Wintermantel und die Decke über sich. Wassenaar muss abgesagt werden, aber wie? Der achtzigste Geburtstag ihrer Mutter. Ihre Eltern haben David immer sehr gern gehabt. Er zeigt sich bei ihnen von seiner besten Seite, unterhält sich mit ihrer Mutter über Bücher, mit ihrem Vater über Technisches, gibt sich als Mann von Welt, bringt das eine und andere in ihrem Haus in Ordnung. Wie soll sie es ihnen beibringen? Ich habe mich verliebt klingt in ihren Ohren nach einer kleinen Verirrung, nach etwas, bei dem man seine Selbstbeherrschung mobilisieren muss, aber nicht seine Familie verlässt. Verliebt klingt nach Unbesonnenheit. Was, wenn es Liebe ist? Sie hört etwas im Flur, die Haustür, ein Scharren, es ist fast zwei Uhr, Einbrecher? Sie erhebt sich vom Sofa und schleicht sich nach oben, wo ist ihr Handy, was steht hier in der Küche, womit sie zuschlagen könnte? Im Treppenflur stehend, im Schutz der Dunkelheit, sieht sie ihre älteste Tochter hereinkommen, die Schuhe schon ausgezogen, dicke Locken, über die Lampenlicht von draußen fällt. Sie schließt ganz langsam, fast geräuschlos die Tür zwischen Gang und Küche bis auf einen Spalt, während sie sich dabei über die Klinke beugt. Mein Kind, denkt sie, und dann verwundert: Dass das mein Kind ist, diese mollige, gelockte, obstinate Pubertierende, die mal das erste kleine Baby auf meinem Bauch war. Wenn man das Leben, das man hat, einmal nicht mehr als selbstverständlich betrachtet, entfremdet man sich von allem, wofür man sich entschieden hatte, von allen Versionen seiner selbst. Sie ist so schrecklich müde. Morgen. Sie schaut Kristas bestrumpften Füßen nach, die sich die Treppe hinauf entfernen.

Nach dem Oralverkehr im Wohnzimmer hatten sie

geduscht. Lucas pumpte den Brustkasten auf, reckte sich und schüttelte das Haar als einschüchternde Demonstration von Lebenslust, von Unabhängigkeit. Sie wäre am liebsten unter dieser Dusche stehen geblieben, bis sie sich aufgelöst hätte und mit dem Wasser abgeflossen wäre. Sie erzählte, dass David ihn aus ihrem Telefon gelöscht habe. Lucas lachte darüber. Er griff zu einem Handtuch und ging beiseite. Sie schloss die Augen und ließ das Wasser über ihr Gesicht strömen.

»Schick mir deine Nummer, und schick mir, wenn du magst, alle unsere Nachrichten, damit ich sie wiederhabe.«

»Was sagst du?« Er war schon aus dem Badezimmer gegangen. Er hatte sich angezogen, auch Schuhe angezogen, alles, bevor sie sich abgetrocknet hatte. Sie kam sich sehr nackt vor.

»Ob ich deine Nummer haben darf.«

Er lachte wieder und putzte sich die Zähne.

»Ich muss weg, ich hab noch eine Verabredung«, sagte er.

»Ja. Ich muss nach Hause.«

»Wer sagt das? Ist er nicht dieses Wochenende dran?«

»Ja.«

»Also?«

»Lass. Ich muss nach Hause. Es geht mir nicht gut.«

Wie ungleich es zwischen ihm und ihr ist: Er in seinem geräumigen, makellosen Dasein, in dem er ihr ohne Mühe und, wie es scheint, ohne Notwendigkeit Raum gibt, und sie mit diesem ganzen Ballast und dieser Gier, dieser Gier nach ihm. Montag bekommt sie den Schlüssel zu ihrem Appartement, Montag ist sie endlich frei.

Hätte sie doch warten können, bis Ally achtzehn ist, bis ihre Eltern tot sind. Sie schlüpft wieder unter Mantel und Decke und legt die Arme um sich. Kein guter Mensch, denkt sie und schläft dann ein.

Frühling

Bist du noch da?

Ally schlägt den Ball gegen die Wand. Es nieselt, aber das macht ihr nichts aus. Viktor ist heute in Sport auf sie zugekommen und hat gefragt: »Sag mal, Ally, also wenn du keine Füße hättest?« Sie musste mit einem fragenden Ja darauf antworten, damit er weiterreden konnte, das nötigte er ihr ab. Es wurde ganz leer in ihr. Und sie sagte: »Ja?« Viktor knickte den Kopf zur Seite: »Würdest du dann Schuhe tragen?« Sie wusste nicht, was sie darauf sagen sollte, ein paar von seinen Anhängern standen hinter ihm und grinsten sie an. »Nein«, hat sie dann halt gesagt, und da zog Viktor sein T-Shirt hoch, und sie sah sofort, dass er ihren BH anhatte. »Warum hast du dann den?« Alle brachen in Gelächter aus. Und dann rannten sie weg. Ally hat unwillkürlich die Hände auf ihre kleinen Brüste gelegt, die sich unter ihrem Sportshirt verbargen, noch neu und ungewohnt für sie und mit ungewissem Werdegang. Danach hat Viktor, immer wenn der Lehrer gerade nicht hinsah, sein Shirt hochgezogen und gerufen: »Jetzt neu, auch wenn du keinen Busen hast!« Der Sportunterricht ging vorbei, sie hat im Umkleideraum ihre ausgekippten Sachen vom Boden aufgehoben und wieder in ihre Tasche getan, sie hat mit dem Rücken zu den anderen geduscht und sich angezogen, ohne BH, niemand hat etwas zu ihr gesagt. Leo ist an diesem Tag nicht da gewesen. Sie hat mit Bobby in einer Ecke vom Schulhof auf dem niedrigen Mäuerchen ihr Pausenbrot gegessen und über andere Dinge geredet, Minecraft, Percy Jackson, wie überbackener Toast am leckersten zubereitet wird, Bobbys Meinung nach in der Pfanne.

Als sie nach Hause kam, war niemand da. Sie hat sich Tee gemacht und ein paar Kekse gegessen. Sie hat Hausaufgaben gemacht, sie hat sich die Lücken im Haus angesehen, die Sachen von ihrer Mutter weg aus dem Kleiderschrank, halbleere Bücherregale, sie hat das Fotoalbum von ihrer Geburt angeschaut und das von der Hochzeit von David und Terri und das von Kristas Geburt, der Familie, bevor sie selbst da war. Krista hat früher, wenn sie es sich, bäuchlings auf dem Teppich liegend, zusammen anschauten, immer gesagt: »Das war so eine glückliche Zeit, die Zeit zu dritt, die glücklichste Zeit unseres Lebens.« Manchmal musste Ally dann richtig weinen, obwohl sie wusste, dass Krista sie veräppelte. Sie hat noch mehr Kekse gegessen, sie hat die Fotoalben zurückgestellt, sie hat die Klassen-Whatsapps gelöscht, ohne zu lesen, was da alles drinstand. Sie hat ihren Tennisschläger genommen und ist rausgegangen. Isabel war mit einer anderen Freundin auf dem Platz, bei beiden zeichnete sich deutlich ein Busen unter ihren Jacken ab. Nach einer Weile sind sie gegangen. Isabel hat gewinkt. Ally hat laut Tschüs gerufen. Sie schlägt den Ball gegen die Wand, versucht, an nichts zu denken, nur an den Ball, nur an ihre Hand, nur an die Wand, den grauen Schmutzstreifen, auf den sie zielt, an Marina Flakovitz, dass die auf den Platz laufen, Allys Talent erkennen und sie mit nach England nehmen würde, wo sie Englisch sprechen und den ganzen Tag Tennis spielen würden.

»Ally!« Ihr Vater auf seinem Fahrrad, einen Fuß an der Bordsteinkante abgestützt. Sie rennt zu ihm hin, bedenkt erst auf halbem Weg, dass sie zwölf ist und ihm nicht in die Arme rennen kann.

»Hallo, mein Mädchen, alles gut?«

»Ja.«

»Schule auch gut?«

»Ja.«

»Nichts Besonderes?«

»Nein.«

»Machen wir ab, dass du nicht Ja und nicht Nein sagen darfst?«

»In Ordnung.«

»Was wollen wir essen?«

»Weiß ich nicht. Kartoffelstampf?«

»Mit Endividien?« Sie nickt. »Kommst du mit?« Er schwingt das Bein über den Sattel und zieht sein Rad auf den Fußweg.

Auf dem Tisch lehnt ein Brief an der Vase, auf dem Kristas Name steht. In Terris Handschrift. David legt ihn ihr unter die Nase.

»Ja.«

»Hattest du ihn schon gesehen?«

»Ja.«

»Willst du ihn nicht öffnen?«

»Doch. Gleich.«

David schält die Kartoffeln. Ally beugt sich über ein Schulbuch, die glatten langen Haare wie einen Vorhang ums Gesicht. Krista spielt mit ihrem Handy. David liest eine Nachricht von S. *Bist du noch da?* Nachher, denkt er. *Ja*, schreibt er. Er setzt die Kartoffeln auf, wäscht den Endiviensalat und schneidet ihn klein, hackt eine rote Zwiebel und zerteilt Käse in Würfel, entkorkt eine Flasche Riesling und gießt sich ein Glas ein. Die Situation lässt sich als friedlich beschreiben, allmählich kehrt der Frieden in ihr Haus zurück, Terri ist weg, und je weiter sie weg ist, desto größer das Gefühl von Ruhe, ihr Brief auf dem Tisch ist das Einzige, was jetzt noch stört. Als habe sie gerade den gleichen Gedanken gehabt, reißt Krista ihn plötzlich auf und beginnt zu lesen. Ally schielt aus dem Augenwinkel zu ihr hinüber, David schielt aus dem Augenwinkel auf ihr Gesicht. Sie runzelt die Stirn. Nach einer Weile faltet sie das Blatt wieder zusammen und legt es auf den Tisch. Die Hände übereinander auf dem Brief schaut sie nach draußen. Sie hat gar nichts mehr von einem Kind, denkt er, in dieser Haltung. Er trinkt sein Glas leer, hält die Luft an. Keiner sagt etwas. Keiner tut etwas.

Er schenkt ihnen Eistee ein. Zerstampft die Kartoffeln und verrührt sie mit Butter und warmer Milch zu einem cremigen Püree. Krista whatsappt wieder wie gewohnt. Aus ihrem Handy kommt Musik, etwas Arabisches, sie sieht ihren Vater an, der sie ansieht, der wissen will, was sie gelesen hat und jetzt mit schief gelegtem Kopf und dem Geschirrtuch über der Schulter lauscht.

»Gut?«, fragt sie.

»Ja. Durchaus. Was ist das?«

Sie zuckt mit den Schultern. »Marokkanisch.« Er deckt das andere Ende des Tischs. Die Mädchen rücken einen Stuhl weiter. Er rührt das Endiviengemüse und den Käse und die Zwiebel unter das Püree. »Voilà«, sagt er, als er den Topf auf den Tisch stellt.

Krista nimmt einen Bissen. Nach zwei Wochen Funkstille hat Rafik ihr die Musik geschickt, zu der sie getanzt haben. Sie ist fast ausgeflippt, als sie sie bekam. Sie dachte, sie hätte irgendwas total falsch gemacht, und hat ihm drei Tage nach ihrem Treffen eine Nachricht geschickt. Nach langem Hin und Her ist es ein Foto von der Laterne geworden, unter der sie sich voneinander verabschiedet hatten. Sie hat sich sehr für dieses Foto geschämt, als er überhaupt nicht reagierte, eine blöde Idee ist das gewesen. Sie hat immer wieder auf diese dämliche Straßenlaterne gestarrt, man sah nicht mal, dass es diese eine ganz spezielle war, man sah überhaupt kaum, was es war. Ob er beleidigt war? Oder hatte er sie längst aus seinem Telefon und seinen Gedanken gelöscht? Sie hat ihn nur noch einmal gesehen, in seiner Gruppe, er hat genickt und ganz ernst und ein bisschen betrübt geguckt. Sie hat ihn angelächelt. Es hat vielleicht bescheuert ausgesehen, sie hat sich mit dem Handy auf dem Klavier gefilmt, während sie lächelte, wie sie glaubte, ihn angelächelt zu haben, gefilmt, weil man sich im Spiegel als Spiegelbild sah, und das war eine völlig andere Version als die wirkliche, und ja, vielleicht hat es tatsächlich was Dümmliches gehabt, wie sie gelächelt hat. Wenn sie ihn das nächste Mal sah, würde sie zeigen, wie ernst auch sie war. Sie suchte nach etwas, was sie ihm schicken könnte, etwas, was die Straßenlaterne ungeschehen machen würde, etwas, was seine Verachtung aufhob, das Schweigen brach. Heute

Nachmittag hat sie ihm, müde von der endlosen Sucherei nach dem richtigen Bild oder den richtigen Worten, ganz einfach geschrieben: *Hallo Rafik, bist du noch da? Krista.* Und da hat er praktisch sofort diese Musik geschickt. *Hallo Krista, hier bin ich. Rafik.* Vorhin hat sie ihn gefragt, ob sie sich mal wieder treffen sollen. Und dieser Mumm hat sie dann auch gleich zu Terris Brief greifen lassen. Wenn sie sich traute, Rafik das zu schreiben, traute sie sich auch, den Brief zu lesen. Terri wohnt in ihrer neuen Wohnung, und sie will, dass Ally und Krista einen Teil der Woche bei ihr sind. Als Terri vorgestern kommen wollte, um mit ihnen allen darüber zu reden, ist Krista nicht nach Hause gegangen. Und als Terri ihr sieben Whatsapps geschickt und zehnmal angerufen hat, hat sie ihre Nummer gesperrt. Erst gegen zwölf ist sie nach Hause gekommen. David hat in der Küche auf sie gewartet und ihr einen Kakao gemacht. Er hat so mitleiderregend traurig ausgesehen. Terri will ihn anscheinend kaputtmachen. Das hat Krista auch zu ihm gesagt, aber er hat das abgestritten. Er hat Terri verteidigt. Er hat gesagt, dass sie mehr Raum für sich brauche und dass das nicht bedeute, dass sie sie nicht mehr liebe. Sie liebt *mich* nicht mehr, hat er gesagt, aber euch liebt sie immer noch von ganzem Herzen. Krista hat gesagt, dass sie nicht gedenkt, je einen Fuß in diese Wohnung zu setzen. Warum sollte sie, sie wohnt hier, sie ist fünfzehn, sie braucht sich nicht hierhin und dahin kommandieren zu lassen von einer, nur weil die einen Fimmel gekriegt hat. Sie denkt an diesen ekligen Chat zwischen ihrer Mutter und ihrem Freund, sie braucht nur daran zu denken, sie braucht nur an den

Mund ihrer Mutter zu denken, daran, was dieser Typ über ihren Körper schrieb, und wie unterwürfig ihre Mutter darauf reagierte, um sich an ihren Vorsatz halten zu können.

»Du noch einen Teller, Kris?«

»Nein danke, Pap.«

»Ally?«

»Gerne.«

»Wollte Terri eigentlich keine Kinder, ursprünglich?«

»Wie kommst du denn darauf, schreibt sie das?«

»Nein.«

»Oh.«

Sie hatten zehn Jahre gewartet. Es war dann vor allem ihr Wunsch gewesen. Er hätte auch nichts dagegen gehabt, wenn sie keine Kinder bekamen. Er kann sich aus irgendeinem Grund überhaupt nicht in Erinnerung rufen, wie es sich abgespielt hat. Aber er weiß, dass sie, gerade sie, verdammt, das wird er ihr auch noch mal sagen, diejenige war, die sich auf was anderes verlegte. Sie wollte nun Kinder, sie wollte heiraten, sie wollte Neubau, sie wollte all die Dinge, die sie ihm jetzt vorwirft, all die Dinge, die sie jetzt so hinstellt, als hätte er sie damit in irgendeine Falle gelockt, als passten die nicht zu ihr und seien nur Ausdruck der langweiligen Bürgerlichkeit seines Charakters. Kinder gehören zu diesen Entscheidungen im Leben, die man nicht revidieren kann, und diese Familie ist Folge dieser Entscheidung. Terri hätte ihre Ehe ruhig aufbrechen dürfen, er ist immer mehr davon überzeugt, dass er diese Offenheit hätte aufbringen können, zumal seit er mit dieser Frau, der Frau, die ihre Mails mit S unterschreibt, ins Gespräch gekommen ist, über diese Dating-Site, und er, tja, es spottet eigentlich jeder Beschreibung, sich nicht nur intensiv mit einer Fremden austauscht, sondern auch im Bann einer erotischen Erweckung ist. Er sieht plötzlich Frauen auf der Straße, er sieht plötzlich Kolleginnen und phantasiert davon, dass sie ihn zärtlich berühren, er denkt an S, während er nicht mal weiß, wie sie aussieht, aber sie wird Brüste haben und einen Mund und …

»Aber, was?«

»Wie, was?«

»Wollte Terri uns nicht?«

»Wie kommst du denn darauf, sie wollte dich unbedingt, genau wie ich, wir wollten euch wahnsinnig gern.«

»Okay.«

Warum hat sie nicht einfach ein geheimes Verhältnis angefangen, viele Leute machen das, manche retten sogar ihre Ehe damit. Wozu das Ganze aufbauschen? Er denkt an S. Er muss an S denken. Das ist die beste Ablenkung seit Wochen. Sie schreiben einander zig Nachrichten am Tag.

Warum bläst sie das Ganze nicht ab?

Er drückt den bröckeligen Teig in kleinen Teilen gegen den Innenrand der Form und schiebt und kleistert alles zu einem Ganzen zusammen. Weniger befriedigend als das Ausrollen zu einer überall genau gleich dünnen Platte, aber dieser Teig schmeckt vielleicht tatsächlich besser, wie er irgendwo las, und die Unebenheiten, die seine Finger verursachen, sind ja auf der Innenseite des Kuchens später nicht mehr zu sehen. Er ist dabei, sich und Ally zu mästen, kocht und brät, backt Kuchen und Torte, schlägt Sahne, rührt Butter mit Zucker schaumig, glasiert, flambiert, frittiert, püriert. Er studiert Rezepte, probiert Neues aus. Die Tätigkeiten haben eine beruhigende Wirkung auf ihn, die cremigen Texturen und knusprigen Teigränder und die ganze süße und würzige Intensität sind Balsam für ihn. Sogar Krista isst wieder, doch er kann Terri nicht vermitteln, dass das eine gute Neuigkeit ist, dass es zwar schlimm ist, dass sie Terri nicht sehen will, aber die schlichte Tatsache, dass sie isst, doch ein Grund zur Freude ist. Terri sieht, was Krista betrifft, nur eines, und das ist deren Weigerung, mit ihr zu sprechen. Sie nennt Kris nacheinander kindisch, aufsässig, manipulativ, radikal, gehässig und unmöglich. Das macht ihn mutlos, warum sieht Terri nicht, dass Krista bekümmert ist und nicht Kritik, sondern Zuwendung braucht? Er schüttelt den Kopf, er geht zurzeit kopfschüttelnd durchs Leben. O Gott, denkt er, während er die Pfirsichschnitze dachpfannenartig auf den Teig legt, er hatte es durch die Konzentration auf den Kuchen minutenlang vergessen: Ich bin mit einer Frau verabredet, einer anderen Frau, einer anderen Frau als meiner Frau, einer Frau, die ich nicht kenne – und irgendwie doch, denn sie haben offenherzige und intime Nachrichten ausgetauscht. Er kräuselt den Teigkragen zu einer kuscheligen Abdachung, die er mit Ei bestreicht, und schiebt den Kuchen in den Ofen. Er hält sich an der Arbeitsplatte fest wie ein seekranker Passagier an der Reling eines schwankenden Schiffes. Was habe ich mir eigentlich gedacht, denkt David, für wen halte ich mich eigentlich, ich wüsste nicht mal mehr, wie man es macht, beziehungsweise ob man es so macht, wie wir es gemacht haben. Krista kommt mit Luna und Tirza herein. Nachher werden sie alle zusammen Kuchen essen, und für heute Abend wird er Geld für Pizza dalassen, schließlich schmeckt eine Pizza, die sie sich irgendwo holen können, immer noch besser als alles, was er in der Küche zaubert. Sie hat ihn dazu aufgefordert, sie will keine Beziehung, sagt sie, sondern einen Liebhaber, sie sagte: *Schlaf mit mir, wie du mir schreibst.* Und dann haben sie sich ausgedacht, dass sie ihn im Bett erwarten würde, bei angelehnter Wohnungstür.

»Pap.«

»Was?«

»Was machst du?«

»Was meinst du?«

»Du gibst so komische Laute von dir.«

»Hä?!« Na bitte, er verliert die Kontrolle über sich. »Was für Laute?«

»Äh … Wie ein … Seehund?« Die Mädchen kichern in verschiedenen Tonhöhen wie ein Begleitchor. *Schlaf mit mir, wie du mir schreibst.* Was bedeutet das? Warum bläst sie das Ganze nicht ab? Welche Frau lässt die Wohnungstür angelehnt, um einen wildfremden Mann hereinzulassen? Die Mädchen verziehen sich nach oben. Was, wenn er nun vor Angst gelähmt ist? Er räumt die Geschirrspülmaschine ein. Wischt die Arbeitsplatte ab. Ally steht mit ihrem Tennisschläger in der Hand da und schaut ihm zu. Fällt jetzt ihr Leben auseinander? Ist das jetzt, was man ein Drama nennt? In der Küche riecht es nach Kuchen. Diese Backwut kann mit auf die Liste von Merkwürdigkeiten im Benehmen ihres Vaters. Zusätzlich dazu, dass er trinkt, heimlich weint, abartig früh zur Arbeit geht und abartig früh von dort nach Hause kommt. Gestern ist sie bei Terri in ihrer neuen Wohnung gewesen. Terri versuchte rauszukriegen, ob David Krista nun anspornt, ihr zu vergeben und wieder Kontakt zu ihr aufzunehmen oder nicht. Ally fühlte sich hin und her gerissen. Was sollte sie erzählen? Was schon, was nicht, wann ist etwas Verrat, welchen Rang hat eine, die auf die andere Seite eines Flusses gezogen ist? Sie hat um den Brei herumgeredet. Dann hat Terri ihr bei den Hausaufgaben geholfen. Ally traute sich nicht zu sagen, dass sie gar keine Hilfe braucht. Die neue Wohnung macht ihre Mutter zu jemand, zu dem man höflich ist. Wenn Ally unfreundlich wäre und ihre Hilfe ausschlagen würde, wäre Terri ganz allein und verlassen in dieser komischen kahlen Wohnung.

»Willst du keine Möbel haben?«
»Ich hab doch Möbel!«
»Willst du keine Bilder oder solche Sachen?«
»Hab ich doch! Und ich hab ein Bett für dich gekauft.«
»Ich will lieber zu Hause schlafen.«
»Okay. In Ordnung. Du bleibst doch aber zum Essen, ja?«
»Was essen wir?«
»Spielt das eine Rolle?« Ja.
»Nein.«
»Linsen mit Gemüse.«
»Lecker.« Als wären sie in einem anderen Land, mit anderen Sitten und Gebräuchen.
»Auf alle Fälle gesund. Isst Krista wieder?«
»Ja.«
»Wirklich?«
»Papa backt jeden Tag Kuchen.«
»Wirklich?«

Als hätte sie ihn doch verraten ... Die Linsen waren eklig, aber sie hat sie ganz aufgegessen und gesagt, dass sie gut geschmeckt hätten. Terri sagte, dass ihr Freund nicht in die Wohnung kommen würde, dass die Wohnung für sie und Krista und Ally bestimmt sei. Sie sagte das auf eine Art, als hätte Ally darum gebeten und Terri dem nun widerstrebend nachgegeben. Warum stellt sie ihn ihr nicht einfach vor? Schämt sie sich für ihre Kinder, für sie? Ally hat dann nach einem harmlosen Gesprächsthema gesucht, etwas Nettem, das sie erzählen konnte. Schließlich hat sie gesagt, dass sie gelernt habe, mit Effet zu servieren, was nicht stimmt, denn das kann sie schon lange, aber sie ist schon in letzter Zeit noch viel besser darin geworden. Terri hörte gar nicht richtig zu.

»Du darfst auch eine Freundin mitbringen. Warum übernachtest du nicht nächstes Wochenende mit Isabel hier?«

»Ich bin nicht mehr mit Isabel befreundet.«

»Oder mit jemand anders.«

Es sind von Terri nach Hause vierzehn Minuten mit dem Rad. David wollte eigentlich, dass sie heute Abend wieder bei Terri ist, das ist ihm lieber, weil er zu irgendeiner Party geht und befürchtet, dass sie Angst hat, wenn sie allein zu Hause ist. Sie darf nicht mehr zu ihm sagen, dass sie Angst hat. Sie muss einsehen, dass die Risiken größer sind als der Trost. Erstens besteht das Risiko, dass sich ihr Vater, wenn er nicht zu Partys oder Sitzungen kann, womöglich genauso beengt fühlt wie Terri und dann macht, dass er wegkommt. Sie hat ja, den Kopf über der Treppe, den Sisalboden an der Wange, gehört, wie Terri wortwörtlich zu ihm sagte: dass sie kein Individuum mehr sei, dass sie nicht zu den Partys und Sitzungen könne, zu denen sie wolle, dass sie für diese Familie mit einem großen Teil von sich selbst habe bezahlen müssen. Ally ist klar geworden, dass sie ihren Eltern Raum geben muss, den Raum, mehr zu sein als nur Eltern. Das andere Risiko besteht darin, dass sie dazu gezwungen werden könnte, bei Terri zu schlafen. Und das ist viel gruseliger, als allein zu sein.

»He, Allybel. Alles gut? Ich bin heute Abend nicht da, das weißt du ja, oder?«

»Ja.«

»Okay?«

»Ja.«

»Ich bin auf einer Party. Vielleicht wird es spät.«

»Ist gut, Pap.«

»Krista bleibt zu Hause, das hat sie versprochen. Tirza und Luna sind auch da.«

»Kein Problem, Papa. Ich gehe mal eben in mein Zimmer.«

»Ich habe Pfirsichkuchen gemacht.«

»Das rieche ich. Lecker.«

»Experiment!«

»Okay.«

»In einer Stunde.«

»Gut, Pap.« Sie kriegt es hin, grinst oben auf dem Flur auch noch Krista an, kann sich die Tränen verkneifen, bis sie ihre Zimmertür hinter sich zugemacht hat. Dann weint sie auf ihrer Decke liegend still vor sich hin, denkt an Marina Flakovitz, dass die mit ihrem Arm, mit dem festen, warmen, muskulösen Körper um sie herum hinter ihr steht und ihr zeigt, wie sie den Ball so schlagen kann wie sie.

Unten studiert David noch einmal die Mail von S.

Wenn du klingelst, öffne ich die Haustür unten und lege mich ins Bett. Du nimmst den Aufzug in den siebten Stock. Dort gehst du rechts um die Ecke, meine Wohnungstür ist angelehnt. Du kommst herein und schließt die Tür hinter dir. Links ist das Badezimmer. Rechts die Küche. Vielleicht möchtest du ein Glas Wasser trinken. Vielleicht möchtest du dich kurz umschauen, möchtest nun, da du auf die ersten visuellen Splitter von mir triffst, einen näheren Eindruck davon gewinnen, wer ich bin. Links vom Badezimmer kommst du ins Wohnzimmer. Es erscheint mir zwar total abwegig, aber ich würde es auch sehr witzig finden, wenn du beschließt, ein Stück auf dem Klavier zu spielen, das dort steht. Deinem Profil nach kannst du das, aber wir haben uns noch nie darüber ausgetauscht. Neben dem Klavier siehst du eine Tür, du läufst da durch einen Schrank wie durch eine Schleuse: Auf der anderen Seite ist noch eine Tür, beide werden offen stehen, keine Sorge, es ist nicht kompliziert. Mein Schlafzimmer wird dunkel sein, warte, bis sich deine Augen so weit daran gewöhnt haben, dass du mein Bett an der gegenüberliegenden Wand stehen siehst und den Abstand einschätzen kannst. Schließe die Tür hinter dir. Komm zu mir. Ich werde die Arme um dich legen. Ich werde die Beine um dich legen. S.

Besudelt

»Oh! Du musst hier mal eben rechts abbiegen, da kenne ich eine klasse Badestelle.«

Sie kommen von einem Besuch bei ihrer Schwester zurück, es ist ungewöhnlich warm für April. Lucas wollte erst nicht mit, aber es war ihr wichtig, und da hat er ihr den Gefallen getan. Er denkt: So fängt es an, dass du jemand anderem zuliebe bei allem Möglichen nachgibst, bis du ganz ausgeleiert bist vom dauernden Dehnen und Verbiegen. Manche Leute sind aus einem Material gemacht, dem das nur guttut, er aber wohl nicht.

»Hier?« Er widersteht der Versuchung, stattdessen Gas zu geben, und biegt ab. Die Straße führt in einer langgezogenen Kurve abwärts, Terri deutet auf eine weitere Abzweigung, und er biegt in sie ein. Die asphaltierte Straße mündet in einen unbefestigten Weg. Lucas schaut nach rechts, sie nickt, verspricht, dass er es schön finden wird. Er richtet den Blick wieder auf den Weg, der staubig ist und sein Auto überpudert.

»Hier parken, glaube ich, ach nein«, sagt Terri. Er stand schon auf der Bremse. »Ein Wäldchen weiter, äh …« Sie späht aus dem Fenster. »Es hat sich alles ziemlich verändert. Ja, hier!«

»Hier?« Er bremst.

»Nein, da!«

Er fährt wieder an, stellt den Wagen dann ab. Ein Stoßseufzer durch die Zähne, langsam. Sie steigen aus, laufen einen Pfad hinunter und stehen direkt am Ufer. Sie beginnt sich auszuziehen. Es ist sonst niemand da, sie hat recht, es ist eine gute Stelle, eine geheime Stelle, doch kaum hat er das gedacht, steigt ihm der Dunst von Frittiertem in die Nase. Seine Füße sinken bis zu den Knöcheln in den schlammigen Grund ein. Sie lassen sich so schnell wie möglich ins Wasser gleiten und schwimmen von dem morastigen Boden weg. Gleich um die Ecke vom vorkragenden Grün der Blick auf einen Strand mit anderen Leuten. Von wegen geheime Stelle.

»Früher war das nicht da!« Sie schwimmt ihm voran, lacht, es schert sie nicht. Das Wasser ist kalt. Er vergisst den Schlamm und den Staub auf seinem Auto, taucht nach unten und packt sie bei den Füßen. Sie strampelt sich los und schwimmt mit geschmeidigem Kraulschlag aus seiner Reichweite. Er denkt an Femke, die er jetzt manchmal im Fernsehen sieht. Er guckt sich das immer mit Verblüffung an. Femke war die emotional unzugänglichste Frau, mit der er je zusammen war, sie hatte eine Heidenangst, und dass sie das leugnete, passte nahtlos dazu. Es liege an ihm, behauptete sie, nicht sie sei unzugänglich, sondern er sei nicht empfänglich, oder sie fühle sich nicht geborgen oder so. Er nannte sie seine kleine Zöllnerin, sie war ständig dabei, die Grenzen zwischen ihnen zu überwachen. Sie suchten schon nach einer gemeinsamen Wohnung, als ihm mulmig wurde. Wer hat denn nun Angst vor Intimität, fragte sie. Seither hat sie einen ganzen Berg von Artikeln und ein Buch über das Thema publiziert. Er lässt sich auf dem Rücken treiben und schaut in den Himmel. Was sie schreibt, liest er nicht mehr, fachlich hält er das Thema für belanglos, aber irgendwas ist dran, das Thema und Liebesbeziehungen haben was miteinander zu tun, das eine taucht immer wieder im anderen auf.

»Was grinst du denn so?«

»Ich lasse mich treiben.«

»Du grinst, während du dich treiben lässt.«

»Ich dachte an Femke, eine Ex.«

»Wie lange her?«

»Ein halbes Leben.«

»Wie lange geblieben?«

»Vier Jahre etwa.«

»So!«

»Meine längste Beziehung.«

»Starke Leistung!«

Mit geschlossenen Augen fasst er sie beim Handgelenk, bevor sie ihn mit dem Arm unter Wasser drücken kann. Er richtet sich auf und taucht sie unter, zieht sie aber gleich wieder hoch. Sie schreit. »Das nenne ich eine starke Leistung«, sagt er, »dich mit geschlossenen Augen zu sehen und genau zu wissen, was du vorhast.« Er beißt ihr sachte in die Hand. »Komm, wir gehen da am Strand raus, dann vermeiden wir diesen ekligen Schlamm.«

Sie schwimmen um den kleinen grünen Vorsprung herum und gehen an Land. Möglichst blind laufen sie an den Badelaken mit Menschen und Krimskrams und Fressalien entlang, durch den Pommesdunst, der aus einer Plastikbude quillt, nackt, aber so, als wären sie es nicht.

Sie schütteln sich wie Hunde und trocknen in ihren Klamotten weiter, während sie in die Stadt fahren.

»Früher war da kein Mensch, echt niemand.«

»Möchtest du was essen?«

»Ja. Lucas?«

»Ja.«

»Erzähl mir mal was über diese längste Beziehung, mit Femke, wie das war.«

»Es war, wie das so ist, zuerst schön, und allmählich wurde es langweiliger, und sie wollte Dinge, die ich nicht wollte, und ich Dinge, die sie nicht wollte, und es verlor seine Bedeutung.«

»War das schlimm für dich?«

»Es war nicht mehr schön.«

»Denn es muss schön sein.«

»Find ich schon.«

»Aber wenn es schwierig ist?«

»Ja?«

»Ist das dann ohnehin nicht schön?«

»Das braucht nicht per se so zu sein, nehme ich an.«

»Denn?«

»Denn was?«

»Du erzählst mir so wenig.«

»Was willst du wissen?«

»Ich will dich kennenlernen.«

»Hier bin ich.«

»Du fragst mich doch auch Sachen.«

»Ist das so?«

»Wie ich mit David vögele.«

»Vögelst?«

»Vögelte.«

»Tue ich das?«

»Du hast es schon mal getan.«

»Mit Femke hatte ich Sex, wie man Sex hat, wenn man zwanzig ist.« Ihr Kopf fährt herum, das ist ihr wunder Punkt, wie er weiß. »Große Erregung, wenig Raffinesse. Ich weiß nicht, wir waren als Paar ziemlich langweilig, glaube ich, auch im Bett. Hübsch anzusehen. Aber langweilig.«

»Denn? Sie war sehr hübsch?«

»Sie sah, genau wie ich, sehr gut aus.« Er grinst sie an. Sie gibt ihm einen Klaps auf den Arm. »Vorsicht, ich lenke ein Fahrzeug!«

»Besser als ich?«

»Zunächst mal war sie fünfundzwanzig Jahre jünger. Damals jedenfalls.«

»Das war ich damals auch.«

Er parkt den Wagen direkt vor Da Augusto und wendet sich Terri zu. Ihre Haare sind feucht, ihr Blick ist fröhlich. »Wir gehen Ossobuco essen, Mädchen.« Frauen lieben es, wenn man sie Mädchen nennt.

»Siehst du sie noch manchmal?«

»Du auch.« Er nennt ihren vollständigen Namen.

»Ach, echt? Die Expertin in Liebesangelegenheiten!«

»Alles reine Theorie.« Lucas hält ihr die Tür auf, er wird als der Stammkunde begrüßt, der er ist, sie setzen sich an einen winzigen Tisch am Fenster. Es ist gut, denkt Terri, solange es ihr gelingt, durch den Köcher ihrer Gefühle für Lucas auf sie beide zusammen, auf ihr eigenes Leben zu blicken, ist es gut. Es ist eine Frage von Disziplin.

»Schön, dass du mitgekommen bist, jetzt weiß sie, wovon ich spreche, wenn ich dich erwähne. Das ist angenehmer für mich. Ich werde dir meine Eltern vorläufig ersparen. Wie findest du Lotte?«

»Sie ist dir nicht sehr ähnlich.«

»Nein, das nicht.«

»Möchtest du Wein?« Er bestellt für sie und für sich selbst.

»Warum bestellst du für mich etwas anderes als für dich?«

»Weil wir zwei verschiedene Menschen sind.«

»Was ist der Unterschied?«

»Ich wüsste nicht, wo ich anfangen sollte, das zu definieren.«

»Versuch's doch einfach mal.«

»Nein.«

»Lotte ist wichtig für mich, aber als ich David verlassen habe, hat sich auch zwischen uns etwas verändert. Sie streitet das ab, aber ich glaube doch, dass sie mich dafür verurteilt. Unsere Eltern sind immer noch zusammen, und sie ist immer noch mit ihrem Mann zusammen. Aber gut, sie ist auch erst zehn Jahre mit ihm verheiratet.«

»*Erst* zehn Jahre?« Der Wein wird gebracht. Sie schaut auf sein Glas. »Du darfst keinen Schluck abhaben.«

»Warum nicht?«

»Es ist mein Wein. Und das ist dein Wein.«

Sie lacht.

»Hast du das nie gewollt? Etwas für immer?« Sie hebt ihr Glas und trinkt ihm zu.

»Und?«

»Ja, gut, sehr gut.«
»Nein.«
»Was?«
»Die Antwort auf deine Frage.«
»Oh. Und, wie lange gibst du uns?«
»Was? Wie meinst du das?«

Es werden kleine Teller Salat gebracht. Ein Korb luftiges Weißbrot mit knuspriger Salzkruste. Es wird nicht gelingen, mit ihm ein ernsthaftes Gespräch über Lotte oder ihre Eltern zu führen oder über ihn und seine Vergangenheit oder über sie beide und die Zukunft, das ist offensichtlich, es interessiert ihn einfach nicht, und auf einmal findet sie das langweilig, mit David hat sie sich immer über alle und jeden unterhalten, sie haben wenigstens versucht, etwas zu verstehen und einander dabei zu helfen.

»Hast du noch Kontakt zu Femke?«
»Bist du eifersüchtig?«
»Überhaupt nicht; neugierig.«
»Nein. Nie.«
»Was willst du, Lucas?«
»Ich will, dass du ein paar Gläser Wein trinkst und den Fenchelsalat und das Ossobuco hier kostest und dann mit zu mir kommst und dich ausziehst und anziehst, was ich für dich gekauft habe, und …« Und so redet Lucas ihr den Kopf neblig und den Körper gewärtig.

Da sitzen sie, an dem kleinen Tisch am Fenster, warm beleuchtet, während es draußen dunkel wird, mit Wein in ihren Gläsern und Essen auf ihren Tellern. Terri, die die geheime Badestelle der verliebten jungen Terri und des verliebten jungen David besudelt hat, indem sie mit Lucas dorthin gegangen ist, Terri, die nicht mehr an ihre Kinder denkt, keinen Anstoß mehr daran nimmt, dass Lucas sich nie nach ihnen erkundigt, ausblendet, dass er es für ein Problem, ein Gebrechen hält, dass sie sie hat: die Krankheit Elternschaft. Solange sie hier auf dieser Welle surft, geht es ausgezeichnet, da sind sie schön und mondän und ungebunden, nicht arm, nicht krank und nicht in konturlosen existenziellen Halbheiten gefangen, da werden sie Sex haben, da wird es sie aufgeilen, dass er das ohne die geringste Zärtlichkeit mit ihr tut.

Keine hundert Meter von Da Augusto entfernt spaziert David Richtung Sev, aufgeregt, nervös, bloß nicht zu schnell gehen, nicht zu sehr ins Schwitzen geraten. Die Stadt ist schön, während die Dämmerung einsetzt und der Welt die Farben entzieht. Zu Hause in der Gorterlaan schwatzt Krista mit ihren Freundinnen über Jungs. Zuerst ging es darum, ein Wunschprofil zu machen, aber das brachte schon bald keinen Spaß mehr. Krista kichert ein bisschen über Gijs aus ihrer Klasse, Rafik behält sie für sich. Ally ist in ihrem eigenen Zimmer, ihre Augen sind rot und verquollen vom Weinen, sie bleibt vorläufig lieber da, wo sie ist. Sie nimmt ihr Tagebuch hervor, aber sie weiß nicht, was sie schreiben soll, alles ist zu schlimm, oder zu unklar, oder zu viel. Sie hat keine Ahnung, wo sie anfangen soll.

Fata Morgana

Seine Gestalt füllt den Türrahmen aus. Er ist groß, hochgewachsen. Er bleibt kurz stehen, wie sie es ihm gesagt hat, um sich an die Dunkelheit ihres Schlafzimmers zu gewöhnen, sie hört ihn atmen. Er bückt sich und zieht die Schnürsenkel seiner Schuhe auf, er löst den Gürtel und zieht seine Hose aus, er knöpft sein Hemd auf, sie kann es nicht richtig sehen, so dunkel ist es, doch aus den Geräuschen und der vagen Form der Bewegung kann sie Handlungen ableiten, sie schlägt die Decke zurück, um ihn einzulassen, er setzt sich, sie fühlt die Wärme seines Körpers, sie riecht ihn, ein wenig brüsk schlüpft er neben sie unter die Bettdecke. Sie schiebt den Arm an seinem Nacken entlang unter seinen Kopf und seine Schultern, er drückt das Gesicht an ihren Hals, an ihre Brust, sie legt den anderen Arm um ihn, legt ein Bein um ihn, sie liegen, sie atmen, sie tun nichts, als zu liegen und zu atmen. Er riecht gut, Gott sei Dank. Vier Wochen lang haben sie sich geschrieben, mitunter vierzig Nachrichten am Tag, sie schrieb ihm von dem Artikel, an dem sie arbeitet, über die Folgen von Sicherheitsmaßnahmen für die Sicherheit, er bezog das auf sein eigenes Leben, erzählte, wie Sicherheit für seine Frau angesichts der damit verbundenen Unfreiheit nachrangig geworden sei. Sie waren offenherzig, er schrieb, dass er noch nicht so weit sei, eine neue

Beziehung einzugehen, sie schrieb, dass das auch nicht das sei, was sie suche, er brachte sie zum Lachen, er erzählte ohne Scheu, dass er unglücklich sei, sie zeigten sich, schrieben sich mit jedem Chat weiter aufeinander zu. Jetzt ist er hier, der Unglückliche, sie drückt mit dem Kopf sachte seinen Kopf zurück, sodass sie an seine Lippen herankommt. Was sonst ist Liebe, als deine Bereitschaft zu mobilisieren und ein Objekt zu finden, auf das du dein Verlangen projizieren kannst? Sie küsst ihn, sie küssen sich, sanft, er bewegt die Hand unter ihrem Hemd über ihren Rücken, seine Hand ist warm, ihre Haut ist glatt, er schmeckt gut, Gott sei Dank, sein Mund ist warm und nass, und sie ist erleichtert, dass jemand tatsächlich körperlich zu seinen Worten passen kann. Sie legt die Hand in seinen Nacken, der schweißnass ist, sie fühlt sein Haar, dichtes Haar, sie fühlt sein Ohr, bescheiden, nah am Kopf, kleines Ohrläppchen, seine Hand ist über ihren Rücken abwärts gewandert, und er legt sie auf ihren Hintern, sie fühlt die Wärme seiner Hand. Sie küssen sich, ihre Hände bleiben eine Weile still liegen, setzen sich dann wieder in Bewegung. Ihre Hand auf seiner Seite, er zieht den Bauch ein. Sie drückt ihn sanft auf den Rücken und legt sich auf ihn, schmiegt sich um ihn, klemmt die Beine um seine Hüften. So liegen sie dann, so sinken ihre Körper ineinander. Sie denkt an Erich Fromm, für den die Liebe eine Fata Morgana in einer Wüste von Einsamkeit ist, sie denkt an Filme, in denen binnen einer halben Minute und mit der größten Selbstverständlichkeit vom Küssen zum Ficken übergegangen wird, in denen keine unrhythmische Bewegung oder Ungeschicklichkeit die

Fahrt herausnimmt, sie denkt an Johan, den Letzten in ihrem Bett, die Vertrautheit, sie denkt an die Austauschbarkeit von Männern, ob die wahr ist, sie denkt daran, wer sie ist, wo sie ist. Sie ist hier, denkt sie, mit dem Mann, der ihr von seinem Schmerz erzählt hat, der sich per Chat auf sie eingezoomt hat, dessen Schwanz sie zwischen ihren Beinen spürt, den sie jedoch noch nie angesehen hat.

Sie zündet eine Kerze neben dem Bett an.

»Leise anfangen«, flüstert sie, auf das gedämpfte Licht anspielend, dreht sich um und sieht ihn an. Sie hat dunkles Haar, und ihr Gesicht ist warm, das kann er sehen, ihr Blick ist sanft, und sie hat Ringe unter den Augen, sie lächelt, sie ist genauso, wie er gedacht hat, obwohl er nichts gedacht hat und das jetzt erst weiß.

»Guten Tag«, flüstert er, »ich bin David.«

»Hallo David, ich bin Sev. Du meine Güte! Du hast einen Amsterdamer Akzent.« Sie lacht. Er hat geweint, gerade, während sie gevögelt haben, sie hat ihm die Tränen vom Gesicht gestreichelt und einfach weitergemacht. Das war schön, dass sie ihn nicht als Wrack betrachtete, sondern begriff, dass der Trost darin lag, seine Tränen zu akzeptieren und ihnen keine zu große Bedeutung beizumessen. Er weiß nicht, warum er geweint hat, vielleicht einfach deswegen, weil jemand die Arme um ihn gelegt hat und ihn haben wollte. Er lacht auch. Sev erzählt von einem Film, einem niederländischen Film, sie weiß den Titel nicht, in dem eine Frau und ein Mann sich auf der Eisbahn kennenlernen, zusammen nach Hause radeln, kein Wort miteinander wechseln, die Fahrräder neben ihrem Haus abstellen, reingehen und sich lieben, und hinterher sagt er etwas, sie weiß nicht mehr, was, und da sagt sie: »O Gott, ein Belgier.«

»So Amsterdamerisch spreche ich doch gar nicht.«

»Nein, aber man kann es schon hören.« Sie reicht ihm ein Glas Wasser. »Oder möchtest du Wein?«

»Gern.«

Sie steigt aus dem Bett, zieht eine lange Bluse oder ein Kleid oder irgendetwas dazwischen an, ob jetzt wohl von ihm erwartet wird, dass er auch aufsteht und ihr folgt?

»Bin gleich zurück.«

Also nicht. Er schaut im Zimmer herum, an der Wand hängt eine Malerei von einer Familie, vielleicht ist die Frau links von der Mitte Sev, er ist sich nicht sicher, er hat sie ja erst ein Mal gesehen, und das nur ganz kurz, bei Kerzenlicht. In der Ecke steht ein Stuhl mit einem Stapel Bücher darauf. Seine Nasenschleimhaut wittert Staub, er hat eine Überempfindlichkeit. Er zieht sein Oberhemd an, türmt Kissen gegen die Wand und setzt sich auf. Dass er sich das getraut hat, denkt er, und was nun? Muss er jetzt irgendwas? Das einzige andere Mal in seinem Leben, da er zum ersten Mal mit einer Frau im Bett war, war der Auftakt zu einem ganzen Leben gewesen, jetzt hat er schon ein ganzes Leben, obwohl es sich nicht *ganz* in der anderen Bedeutung des Wortes anfühlt.

Sommer

Abgrund

Wenn man sich kennenlernt, hat man Achtung vor dem andern, der ein ganzer Mensch ist, mit einem ganzen Leben, mit einer von deiner eigenen unabhängigen Geschichte, mit einem Mysterium, das sich dir öffnet, mit sich entfaltenden Perspektiven, du bist behutsam und verbirgst deine weniger vorteilhaften Seiten, du bist nicht zu direkt, führst einen Tanz auf, suchst den Umweg, verleitest den andern zu tun, was du gern hättest. Du gibst dir die allergrößte Mühe, ihm bei diesem Tanz nicht auf die Zehen zu treten, denn das würde enthüllen, welcher Trampel in dir steckt, und das Ende bedeuten können. Aber dann kommt irgendwo ein Wendepunkt, das sehe ich auch überall um mich herum, dann tanzt du nicht mehr, sondern steuerst direkt auf dein Ziel zu, dann entspannst du dich, und in dieser Entspannung verbirgst du nicht mehr, was du vorher verborgen hast, und wenn du dem andern dann auf die Zehen trittst, denkst du höchstens, dass dessen Fuß ja auch furchtbar im Weg stand. Man beginnt, an den Gewohnheiten des andern herumzumäkeln, man schreibt sich gegenseitig vor, wo die Füße hingesetzt zu werden haben, was man zu essen oder zu tragen oder zu sagen hat, man stimmt Geschmack und Schlafenszeit aufeinander ab und fühlt sich dafür verantwortlich, wie sich dieser andere in der Öffentlichkeit benimmt. Der eine beendet die Sätze, die der andere angefangen hat; man ergänzt sich. Man betrachtet den andern als Teil von sich. Man benimmt sich daneben, wie man sich innerhalb der eigenen vier Wände danebenbenimmt, der eine so gut wie der andere, und man sieht es sich gegenseitig nach, und so lernt man einander kennen, als ganze Menschen, denkt man, aber wenn man ehrlich ist, weiß man sehr wohl, dass das nicht stimmt, dass man manches nicht sagt, unschöne Gedanken über den andern, schöne Gedanken über Dritte, Erkenntnisse über sich selbst, Phantasien von einem anderen Leben. Dass man einander den halben Menschen gibt und den Rest vom andern auch gar nicht haben will, weil das schwer mit dem Märchen, in das man sich begeben hat, zu vereinbaren wäre. Man hütet eine kleine Oase in sich selbst, die sich mit Freiheit füllt oder mit Einsamkeit oder mit einer Kombination aus beidem. Man will den andern nicht mehr kennenlernen, sondern man erkennt *ihn jetzt, wieder und wieder, die Energie, die man dafür mobilisiert hat zu verstehen, wer dieser andere ist, regt sich nicht mehr, die Energie wird nun wieder auf die Welt verwendet oder auf die Arbeit oder auf die Kinder. Man sieht sich nicht mehr an, sondern schaut gemeinsam nach draußen. Man verliert den Abstand zum andern, man verliert den Blick auf den andern, man verliert die Achtung vor dem andern, und es entwickelt sich ein neuer Abstand zum andern, doch der ist ganz anderer Natur, da ist kein Freiraum mehr, worin man sich begegnet, überall sind Regeln und Gebräuche, Gesetze und Erwartungen. Der Abstand ist jetzt ein Abgrund, er besteht in einem Geheimnis oder in der Leere, die in einem ist, die der andere nicht aufgehoben hat. Er ist eine Kluft, die man nicht wahrhaben will oder immer wieder mit Beschwörungen, Beschwichtigungen, Grenzkämpfen, Nebengedanken, heimlichen Süchten zuschüttet. Wie das aussieht – der Abgrund gleich einer Wunde im gemeinsamen Territorium, darum herum die Hügel und Täler, Lustgärten unter Pergolen, versteckte Parks, Teiche, und keiner weiß, wie tief. Das Land, das die Liebe ist, und wie sich die Jahreszeiten abwechseln, wie sich die Landschaft unter den Gegebenheiten verändert, unter Schauern, sengender Hitze oder einem Erdbeben … Ich war nie gut darin, ich bin immer in Nullkommanichts in den Abgrund gesprungen.*

Zu guter Letzt sinken sie alle in Schlaf. Sev, die noch bis spät gearbeitet und über Tolstoi nachgedacht hat, über das Glück von Familien, über David und seine Naturkatastrophe und über sie selbst, der es an Talent für die feste Bindung mangelt. David, der das Grübeln einstellt und sich selbst befriedigt, wobei er sich ausmalt, Sev schaue ihm zu. Ally, die sich im Bett wälzt, verstrickt in Albträume, die in den Anfängen stecken bleiben und nicht schlimm genug sind, um sie zu wecken. Und Krista und Terri und Lucas, weil es spät ist, weil sie müde sind.

Und noch bevor sie wieder wach werden, erwacht die Stadt an einem Tag, der erneut heiß zu werden verspricht. Die Bewässerung von Gärten und Parks ist verboten worden, und überall in der Stadt verdorren Rabatten und Grünflächen. Auch heute wird es nicht regnen. Ally macht sich, schon bevor sie aus dem Bett aufsteht, Sorgen über den Klimawandel. Krista, auf der anderen Seite der Wand, empfängt eine Nachricht von Rafik, die sie mit Herzklopfen durch Google Translate übersetzen lässt, worauf sie unter dem Betttuch leise die hölzernen Verse nachspricht, die dabei herausgekommen sind. David putzt sich unter der Dusche die Zähne und denkt an seine Arbeit und daran, was sonst noch schiefgehen könnte in seinem Leben, aber heute Nachmittag geht er wieder zu Sev, und er braucht bei ihr nachher nur wieder zu sagen, dass es das letzte Mal sei; mit dieser wiederholten Beschwörung versucht er zu verhindern, dass er sich verpflichtet fühlt, Schuldgefühle entwickelt, um sich stattdessen in der herrlich befreienden, glücklich machenden Vorstellung zu sonnen, dass er ein Liebhaber ist, der Liebhaber einer Frau, die nichts von ihm verlangt, nichts fordert, mit der er nichts anderes teilt als das Bett und seine Gedanken.

Terri ist allein, als sie wach wird, Lucas ist weg und hat ihr keine Nachricht geschickt oder hinterlassen. An ihrem Küchentisch liest sie ihren Brief an Krista durch und isst ihren mit Hafermilch bereiteten Frühstücksbrei.

Sev steht mit einer unbestimmten Betrübtheit auf. Heute Abend kommt David, das sollte sie eigentlich heiter stimmen, doch sie spürt, ohne noch zu wissen, inwiefern, dass genau das etwas mit ihrer Traurigkeit zu tun hat. Aber es ist noch längst nicht Abend. Sie duscht den Schlaf und die Steifheit aus ihren Gliedern. Genau gleichzeitig, und ohne von dieser Synchronizität zu wissen, waschen sich Sev und David die Haare, lassen das laue Wasser über ihre Gesichter strömen und denken aneinander.

Was willst du denn eigentlich?

»Was meinst du dazu, Terri?« Ihr Kollege auf der anderen Seite vom Tisch sieht sie erwartungsvoll an. Sie hat nicht zugehört, aber es ist unglaublich, wie weit man mit halbem Ohr und etwas Bravour kommt. Nie sagen, dass man nicht zugehört hat, sich bloß nie entschuldigen, sondern lieber mit Aplomb was Allgemeines von sich geben, als handle es sich um einen Standpunkt.

»Es ist eine gute Idee, ohne Frage, aber solange die Details nicht weiter ausgearbeitet sind, können wir nicht damit anfangen, würde ich sagen. Ich schlage vor, dass das Ganze zu Papier gebracht wird und wir uns nächste Woche wieder hier zusammensetzen.« Während sie das sagt, ordnet sie auf einen Stapel, was in ihrer Reichweite liegt. Die ganze Runde nickt. So können sie diese Besprechung endlich beenden und nichts tun, das jedoch mit dem angenehmen Gefühl, dass ein Beschluss gefasst wurde. Alle gehen. Terri bleibt sitzen und sieht nach, ob sie eine Nachricht von Lucas hat, oder von ihren Kindern, oder zur Not von David. Sie legt einen Moment den Kopf auf den Tisch. Im ersten Brief an Krista war sie noch an der Oberfläche geblieben. Sie schrieb, dass sie mehr Raum für sich brauche und glaube, diese Entscheidung zu einem Zeitpunkt getroffen zu haben, da Krista sich zu einer selbstständigen

Person zu mausern beginne und sie in der Rolle als sorgsame Mutter nicht mehr so nötig habe. Sie schrieb, dass das eine Chance sei, sich als Menschen zueinander zu verhalten, sie nicht mehr als die Mutter, die sich in den Dienst ihrer Familie stellt, sondern als jemand, der sich für sich als Individuum entscheide und als solches auch eine Gesprächspartnerin für ihre Tochter sein könne, auf weit mehr Ebenen als vorher, weil sie mehr Facetten von sich Raum gebe. Und Krista werde nicht mehr nur die Tochter sein, sondern auch ein Mensch, der in verschiedenster Richtung erste Schritte in die Welt mache. Das war natürlich alles abstrakt, zu abstrakt vielleicht für eine Fünfzehnjährige. Und da ein derartiges Gespräch in den vergangenen Monaten überhaupt nicht in Gang gekommen ist, schlimmer noch: seit ihrem Brief kein einziges Gespräch mehr geführt wurde, hat Terri sich gedacht, dass sie wieder mal einen Versuch unternehmen müsse. Bloß nicht drängeln, denn wenn die vergangenen Monate eines deutlich gemacht haben, dann das: Dauernd anzurufen und zu whatsappen, sich zu beklagen und auf Kontakt zu dringen, bringt gar nichts. Sie muss Krista dazu verleiten, mit … tja, womit eigentlich, mit Informationen, mit einer Geschichte, statt an das zu appellieren, was sie formal verbindet, an eine Art Verpflichtung, sondern einfach versuchen, dadurch ins Gespräch zu kommen, dass sie wirklich etwas von sich preisgibt. Das hat sie gestern mit einem zweiten Brief in Angriff genommen, und es hat sie inspiriert, durch ihre ehrliche Selbstbetrachtung, sie machte das nicht nur für Krista, sie machte das auch für sich selbst. Und irgendwie hatte dieses Scheißgefühl, diese Dumpfheit und Leere, die Krista damit ausgelöst hatte, dass sie sich weigerte, auch nur ein Wort mit ihr zu wechseln, so noch einen Sinn. Sie würde sich Zeit nehmen, die Zeit, alles richtig zu sagen. Sie würde notfalls eine volle Woche dafür aufwenden. Sie hat aufgehört, als sie nicht mehr weiterwusste und weil Lucas kam. Jetzt, da er so ohne Nachricht gegangen ist, am frühen Morgen, oder schon heute Nacht, rekapituliert sie, was abgelaufen ist. Hat es Misstöne gegeben, hat sie etwas falsch gemacht? Sie haben nicht viel geredet, sie haben Sex gehabt, dann hat sie einen Salat gemacht und den haben sie gegessen. Er hat ihr etwas vorgelesen, sie hat mit halbem Ohr zugehört. Danach hatten sie wieder Sex, auf dem Fußboden, danach war dort ein großer nasser Fleck, weil es in ihrer Wohnung sehr warm war und sie beide furchtbar geschwitzt haben. Sie hat das mit einem Handtuch getrocknet, dann haben sie geduscht, und danach haben sie sich lange nebeneinander im Bett hin und her gedreht, bis sie eingeschlafen ist. Hat sie irgendetwas nicht bemerkt? Hat er etwas davon gesagt, dass er früh anfangen müsse? Normalerweise gibt er sich keinerlei Mühe, leise zu sein, wenn er früher aufsteht als sie. Hat sie so tief geschlafen? Oder hat er sich weggeschlichen wie ein Dieb in der Nacht, hat er sie verlassen? Sie schaut noch einmal auf ihr Handy. Er ist noch vor einer Viertelstunde online gewesen; es ist ihm also nicht unmöglich gewesen, ihr eine kurze Whatsapp zu schicken. Sie legt den Kopf wieder auf den Tisch. Sie muss sich an die Arbeit machen. Sie sollte Lucas vielleicht mal diesen Brief an Krista lesen lassen. Sie ruft ihn an.

»Hallo Terri.«

»Alles in Ordnung?«

»Na, ich bin bei der Arbeit.«

»Du hast dich nicht von mir verabschiedet.«

»Was?«

»Heute Morgen. Du hast dich heute Morgen nicht von mir verabschiedet.«

»Du hast geschlafen.«

»Ich war besorgt.«

»Ich bin bei der Arbeit.«

»Ja.«

»Kontrollierst du mich jetzt?«

»Äh. Nein. Ich war besorgt.«

»Ich mag das nicht.«

»Ich auch nicht, aber ich konnte nichts dagegen machen.«

»Ich mag es nicht, wenn du mich mit solchen Gefühlen belästigst.«

»So?«

»Es ist eine Form von Hygiene, die für dich zu behalten, Terri.«

»Hygiene?«

»Ja.«

»Was hat denn Hygiene in der Liebe verloren?«

»Ich leg jetzt auf.«

»Nein! Das tust du nicht.«

»Ach nein?«

»Nein, Lucas, ich spreche jetzt mit dir.«

»Soso.«

»Sag ruhig, was du meinst.«

»Du kannst meine Gefühle nicht kontrollieren, du

kannst nicht mich für die deinen verantwortlich machen.«

»Du bist sehr wohl für manche meiner Gefühle verantwortlich, oder zumindest Auslöser dafür. Meine Erregung, meine Liebe, mein Interesse an bestimmten Dingen, ist das auch nicht erlaubt? Ich liebe dich deinetwegen.«

»Ach wo, du liebst mich deinetwegen. Und weil ich nicht David bin.«

»Ist das Zynismus?«

»Wer weiß.«

»Lucas.«

»Terri.«

»Ich hatte Angst, du hättest mich verlassen.«

»Ja.«

»Aber das ist nicht so, oder?«

»Warum wäre das schlimm?«

»Herrje, Lucas.«

»Tja.«

»Warum sagst du nicht ›nein, das ist nicht so‹, wenn es nicht so ist?«

»Warum sollte ich?«

»Weil ich ein Scheißgefühl habe.«

»Ah.«

»Und du mir das ganz einfach nehmen könntest.«

»Ist das so?«

»Es sei denn, du hast mich verlassen.«

»Ich mag es nicht, wenn du mir vorschreibst, was ich zu sagen habe.«

»Sag es einfach, wenn es nicht so ist!« Terri verletzt sich die Hand, als sie damit gegen die Tischkante schlägt.

»Sag was, wenn was nicht so ist?«

»Wenn es nicht so ist, dass du mich heute Nacht oder heute früh verlassen hast.«

»Warum sollte ich das tun?«

»Warum nicht? Wenn es nicht so ist? Wenn es nicht so ist, kannst du das doch einfach …«

»Sagen, ja. Ja? Und eh wir's uns versehen, beteuern wir einander jeden Tag, dass wir einander nicht verlassen haben.«

»Es ist das erste Mal, dass ich um so eine …«

»Beruhigung …«

»Bitte, ja!«

»Und das letzte Mal.«

»Hm.«

»Ich bin bei der Arbeit, Terri.«

Er hat sie in irgendeine Falle gelockt, denkt sie, aus einer völlig normalen Frage ein Vergehen gemacht.

»Kann ich denn davon ausgehen, dass du es mir sagst?«

»Was sage?«

»Dass du es mir sagst, wenn du mich verlässt?«

»Ja.«

»Und wenn du mich betrügst?«

»Wenn ich dich betrüge? Wovon redest du?«

»Wenn du fremdgehst?«

»Haben wir denn einen Exklusivvertrag?«

»Haben wir den denn nicht?«

»Nicht, dass ich wüsste.«

»Ach.«

»Terri.«

»Ich war davon ausgegangen.«

»Hast du denn gar nichts aus deiner vermaledeiten Ehe gelernt?«

»Was?«

»Was: Was?«

»Bist du jetzt auf einmal sauer? Nein! Nicht auflegen.«

»Ich gehöre dir nicht.«

»Wem denn sonst alles? Und solltest du mir das dann nicht mal erzählen?«

»Haben wir darüber denn irgendeine Abmachung?«

»Ich halte das für ziemlich selbstverständlich.«

»Vielleicht solltest du beim nächsten Mal am Anfang anfangen.«

»Welchem Anfang, Lucas?«

»Der Frage, was für eine Beziehung ich mit dir will. Damit, dass du erzählst, was dir vorschwebt. Bevor du mir nichts, dir nichts …«

»Vielleicht sollten wir das hier besser live fortführen.«

»Ach ja?«

»Das hielte ich für besser, dann könnten wir …«

»Willst du unbedingt, dass es öde wird zwischen uns? Dass wir uns gegenseitig Honig um den Bart schmieren und in Sicherheit wiegen und Verbote und Verpflichtungen auferlegen?«

»Nein, natürlich will ich das nicht.«

»Willst du wirklich, dass ich mich rechtfertigen muss, wenn ich Lust habe, früh heim und arbeiten zu gehen?«

»Ich sehe es nicht als Rechtfertigung.«

»Was ist es dann?«

»Mitteilsamkeit? Sich gemeinsam im selben Gespräch befinden.«

»Gemeinsam nach demselben Skript agieren, das schon Millionen andere Paare amateurhaft gespielt haben.«

»Hm.«

»Möchtest du auch gemeinsam alt werden?«

»Was?«

»Gibt es noch mehr Klischees, aus denen du nicht rauskommst?«

»Was willst du denn eigentlich?«

»Was will ich denn eigentlich …«

»Mit mir … Ja.«

»Oh.« Stille. »Ich will gern mit dir ins Bett.« Stille. »Bist du noch dran?«

»Du bist nicht gerade nett.«

»Willst du gern noch einen netten Mann?«

»Nein, aber …«

»Hör zu, Terri.«

»Ja?«

»Du bist nicht die einzige tolle Frau auf der Welt. Und du bist auch nicht die einzige schöne Frau auf der Welt. Und du bist auch nicht die einzige verliebte Frau auf dieser Welt.«

Sie sagt jetzt nichts mehr, und nach einer Stille von mindestens zwanzig Sekunden legt er auf. Er wirft sein Handy aufs Sofa und erhebt sich. Stützt sich mit den Fäusten auf die Tischplatte. Er hat schlecht geschlafen und ist gegen sechs Uhr aufgestanden. Terri ist abends still und betrübt gewesen, wegen des Kontakts zu ihren Töchtern, weil Trennung schwieriger ist, als sie gedacht hat, weil dieser Mann von ihr überhaupt nicht kooperiert. Lucas wollte sich nicht reinhängen, wollte sie nicht trösten. Sie ist schön, aber es gibt so viele schöne Frauen. Sie ist toll, aber es gibt so viele tolle Frauen. Was glaubt sie eigentlich. Er klappt seinen Laptop zu.

Sozusagen Liebe

Zwischen den Häusern steht die Luft, der äußere Straßenrand hat sich zu einem Streifen schmelzendem Schwarz verbreitert, das auf der Asphaltdecke vibriert. Sie wird auf dem Balkon Sardinen grillen. Sie hat Eistee gemacht und Kartoffelsalat, und sie hat Melonenschnitze in Muskatwein eingelegt. Es gehört noch grüner Salat dazu, sie muss Wein kaufen, vielleicht auch was zum Nachtisch, Erdbeeren zum Beispiel.

Sie sehen sich immer gerade lange genug nicht, um das Verlangen anschwellen zu lassen. Unter anderen Umständen, wenn sie zwanzig wären, wenn es die Kinder nicht gäbe, wenn da nicht Leben mit Kratern darin wäre, würden sie es so lange und gierig auskosten, bis der ärgste Hunger gestillt wäre. Und erst dann würde sich herausstellen, was weiter, dann würden sie vielleicht zusammenziehen, oder sie würden einen Strich darunter ziehen, froh oder betrübt, und weitergehen, zu anderen, sie zumindest, nicht vergessen, dass er eine andere Perspektive hat, er hat eine einzige Frau gehabt und dann sie, er hat das Abenteuer eher gemieden. Ob Terri seine große Liebe ist? Oder ist es eine Sache von Zufall oder Timing oder die Neigung zur Beständigkeit?

Sie sucht sich den Fisch aus. Ein Stück weiter kauft sie Wein, Salat, Frühlingszwiebeln, Erdbeeren, einen

Granatapfel und Zitronen. Die Straßencafés sind voll, die Leute scheinen keine Verpflichtungen zu haben, die Hitze hält unvermindert an, die Abende sind endlos. Auf einmal denkt sie an den Grill und an die Grillkohle und an den Schrank auf dem Balkon. Steht da noch eine Tüte? Sie weiß es nicht. Sie geht wieder in den Laden zurück, aber die Grillkohle ist ausverkauft. Ihr Schrank, in Gedanken öffnet sie ihn, sie wünschte, sie wäre ordentlicher, wer ordentlich ist, weiß, was er hat, sie hat schon so oft neue Inbusschlüssel gekauft, dass sie mit den Sets einen Handel aufmachen könnte. Im dritten Geschäft, in dem sie es versucht, findet sie einen Wegwerfgrill.

Sie zieht sich aus, wie er sie später ausziehen wird, und dreht die Brause auf. David hat eine glatte, weiche Haut, er findet es herrlich, wenn sie ihn streichelt, er liegt da und lässt sich streicheln. Manchmal sagt sie, er müsse sagen, dass sie lieb ist, und wenn er es sagt, klingt es nicht, als führe er einen Auftrag aus, sondern als meine er es wirklich. Wenn er es sagt, kribbelt es an der Innenseite ihrer Wangen.

Ihre Freundinnen Lilly und Iris haben sie gefragt, ob sie es eine Beziehung nennen würde, das, was sie mit David hat. Lilly fand es komisch, dass er sie verstecke, vor seinen Kindern, vor seinen Freunden, dass er sich nirgendwo anders mit ihr verabreden wolle als in ihrer Wohnung, ihr Kind nicht kennenlernen wolle. Zu zweit haben sie ihr gegenübergesessen und ihre Skepsis aufgefahren und sind in abwertender Manier um sie besorgt gewesen. »Ich würde dir jemanden wünschen, der echt zu dir steht«, hat Lilly gesagt, und Sev hat sich fremdgeschämt für diesen nichtssagenden Gemeinplatz. »Das hat von seiner Seite aus also kein Daseinsrecht. Wie kann das Liebe sein?«, fragte Iris. Aber was ist das denn, dachte Sev, Daseinsrecht? Wen außer die Beteiligten geht die Liebe etwas an? Was kümmert es sie, ob irgendwer weiß, wo er ist, dass er bei ihr ist?

Sie steht vor ihrem Kleiderschrank und zieht Shorts und eine dunkelblaue Bluse mit weißen Vögelchen darauf an und dann wieder aus. Sie zieht ein Kleid an und wieder aus.

Sie hat es einmal gewagt, zu David zu sagen, dass sie von diesem ganzen Familiengebilde nicht sonderlich viel halte, dass die nicht geschiedenen Eltern auf dem Schulhof nicht so aussähen, als müsste sie sie um irgendetwas beneiden, dass Paare, die sie zusammen sehe, sehr oft den Eindruck erweckten, als würden sie einander beengen oder im Weg stehen und sich gegenseitig mit ihrem Leben belasten. Es ist das einzige Mal gewesen, dass sie bei ihm so etwas wie Irritation über das, was sie sagt, gesehen hat. Daraufhin beschlich sie prompt selbst das Gefühl, dass sie damit vielleicht eine Auffassung aus einer anderen Zeit ihres Lebens formuliert hatte. Sie verspürte auf einmal, wie eine Neuerwerbung, die frisch aus der Zellophanverpackung geschält wird, die Sehnsucht nach Zusammensein, mit ihm, genau in der Weise, die Lilly und Iris meinten, genau in der Weise, wie er mit seiner Frau zusammen gewesen war, nach einem Familienleben, das nie in Frage gestellt wird, nach Schicksalsverbundenheit, danach, zusammen Teil desselben zu sein. Es war nicht etwas, was sie nicht gewollt hat, sondern etwas, was ihr einfach nicht geglückt ist.

Sie denkt an Ernst, der damals zu ihr sagte, es sei nicht etwa so, dass er ihre Beziehung gut gefunden habe, aber er habe mit ihr gemeinsam etwas Besseres daraus machen wollen, für ihn sei Trennung eine armselige Form von Schlaffheit und er wäre zu allem bereit gewesen. Zu allem bereit, hat er gesagt, aber imstande war er zu nichts.

Sie denkt an Davids Hände auf ihrem Körper, an seinen Mund auf dem ihren, an seinen Körper in ihren Armen, an seine Arme um sie herum, an seine weiche, glatte Haut, an seine Augen, sein störrisches, dichtes Haar, alles Übrige an ihm, alles.

Wenn sie mit ihm verheiratet wäre, würde seine Verlässlichkeit sicher auch sie wahnsinnig machen. Dass sie sich überhaupt kennengelernt haben, war schon so unwahrscheinlich, dass man eine Botschaft darin lesen kann. Solche Dinge denkt sie neuerdings, sie dekodiert Sinnhaftes aus Details ihrer beider Leben, Zeichen, die in der Summe zu einer unumgänglichen Schlussfolgerung führen. So denkt sie zum Beispiel, dass sie möglicherweise zu exakt demselben Zeitpunkt entjungfert wurden. Er vierundzwanzigjährig, durch Terri, sie selbst sechzehnjährig auf dem harten Waldboden und mit Sand zwischen den Pobacken.

Sie steht noch immer in ihrer Unterwäsche vor dem Kleiderschrank. Keine zehn Minuten mehr, und noch keine Ahnung, was er später ausziehen sollte. Und sie muss noch das restliche Geschirr spülen und den Tisch abräumen und die Kerne aus dem Granatapfel herauslösen. Sie zieht die Shorts und die Vogelbluse wieder an. Ist Einsamkeit ein Zustand oder ein Persönlichkeitsmerkmal? Ist Liebe etwas, was einen überfällt, oder etwas, was konstruiert wird? Bedeutet bei jemandem ganz man selbst zu sein nicht vor allem, dass man in den Augen dieses andern jemand ist, mit dem man gern identisch wäre?

Die Haustür unten springt auf, und er nimmt den Fahrstuhl nach oben. Sein Oberhemd klebt ihm am Rücken. Wie oft ist er jetzt hier gewesen, zwanzig-, fünfundzwanzigmal? Er muss duschen. Terri und er haben, ohne dass sie es je ausgesprochen hätten, beide geglaubt, dass er unappetitlich ist. Er hat immer geduscht, bevor sie miteinander schliefen, und sie hat ihn hinterher von sich abgespült. Das schlich sich allmählich in das Bild ein, das er selbst von sich hatte. Er hat nie wirklich darüber nachgedacht, er war sich dessen nicht bewusst, bis Sev ihre Sinnesorgane auf ihn losließ und es nicht ihm zuliebe zu tun schien, sondern zu ihrem eigenen Vergnügen. Seine Scham dehnte sich bis zum Äußersten, und dann riss sie und war weg.

Sie ist so unkompliziert, denkt er, sie ist so viel freier als er, als alle, die er kennt. Sie hat dieses Verhältnis mit ihm, Sex mit ihm, liebevoll, aber ohne etwas Festes zu verlangen, sie ist nicht einsam, sie ist nicht unsicher, so wie er, sie ist viel freier als Terri, die ihn nur verlassen hat, um mit einem andern zusammen zu sein, obwohl sie so tut, als hätte das beides nichts miteinander zu tun.

Er geht um die Ecke, und da steht sie, immer steht sie so da, in der geöffneten Tür, alle Male außer beim ersten

Mal. Er bleibt kurz stehen und saugt das Bild in sich auf, hört die Stimme in sich, die sagt, dass dies nicht ohne Verpflichtungen und Versprechungen möglich ist, nicht ohne Bis der Tod uns scheidet, dass er ein Schuft ist. Er küsst sie, um diese Stimme zu ersticken. Erregung ist effektiv. Er legt die Hände auf ihren Hintern, fühlt ihre Brüste an seiner Brust.

»Bin ich eine Party?«

»Ja. Geburtstagsparty einer Kollegin, fünfzig wird sie, und sie lässt es ziemlich krachen.«

»Es wird also spät werden.«

»Das könnte gut sein.«

»Das ist schön, dann haben wir Zeit.«

»Wofür möchtest du die Zeit?«

Er läuft auf Zehenspitzen durch ihr Wohnzimmer, am Klavier entlang, durch ihre Schrankschleuse zum an der gegenüberliegenden Wand stehenden Bett. Das erste Mal, das zwanzigste Mal. Er spürt, wie das Glück in ihn hineinströmt. Wenn Terri wüsste. Er ist nicht so tot, so langweilig, so unsexy, wie sie denkt. Wenn sie wüsste, was er alles entdeckt, über sich selbst, über Frauen, jetzt, da sie nicht mehr das Maß aller Dinge ist.

Sev kostet ihn aus, so fühlt es sich an, sie schnuppert und leckt, sie sitzt auf ihm, ohne etwas vorzutäuschen, sie setzt keine Mienen auf, sie weiß, was sie will, sie lenkt ihn, sie bumst ihn, sie sieht ihn an, sie stöhnt und keucht, sie pusht sich selbst in einen Rausch, sie spornt ihn manchmal an oder sagt, was er machen soll, sie klammert sich an ihm fest. Er denkt an die Tanzstunden früher, wie sehr er sich gewünscht hätte, dass er geführt wurde und nicht er führen musste, diese Mädchen, die, den Körper nah an seinem, seine Hand in ihrer Hand und seine Hand auf ihrem Rücken, mit etwas, was er immer als Ironie aufgefasst hatte, auf seine Führung warteten. Und er lässt alles los, er liegt da und gibt sich hin, sie küsst ihn, sie reibt ihren Leib im Schweiß auf seiner Brust, sie leckt seine Lippen, er weint wieder, sie leckt seine Augen, er sieht sie an, vielleicht weint sie ja auch, in ihm ist ein Hohlraum, der allmählich vollströmt, ihm ist, als bette sie ihn in Liebe, packe ihn darin ein, als sei er ein Tropfen in einem Ozean, ein Kind in einem sprachlosen Universum, in der Glut der bedingungslosen Liebe der Mutter. Doch Letzteres gibt es nicht wirklich, und im Meer, da schwimmen Haie, und …

»David!« Sie ruft ihn, die Hand an seine Wange gelegt, zwingt seinen Blick mit ihrem Blick. »Ruhig, ruhig, ruhig«, sagt sie und streichelt ihn, er zittert, er weint, ihm läuft Rotz aus der Nase.

»Bleibst du noch eben so liegen?«

»Zerdrück ich dich nicht?«

»Es ist schön, dass du mich zerdrückst.«

Sie hat ihn gestreichelt, bis er ruhig wurde. Er hat gesagt, dass er ertrinke, sie hat gesagt, dass sie das gesehen habe. Als er ruhig war, hat sie weitergemacht, sanft und ganz langsam, und sie ist zum Orgasmus gekommen. Jetzt fühlt er sich leicht und leer und vielleicht sogar glücklich.

»Dein Magen knurrt.«

»Das war dein Magen.«

»Ich habe Fisch gefangen.«

»Mmh.«

»Vielleicht könnten wir ins Kino gehen, später, nach dem Fisch.«

»Ach nein!«

»Ach nein?«

»Nein, ich möchte bei dir sein.«

»Aber ich komme doch mit ins Kino!«

»Nein, nein, nein. Ich möchte hier sein, drinnen sein, mit dir.« Womöglich begegnet er jemand, jemand, der seine Kinder kennt, jemand, der Terri kennt, jemand, der jemand kennt, der Terri oder seine Kinder kennt.

»Komm, wir stehen auf, wir essen was.« Sie löst sich von ihm, küsst seine Brust, streichelt seine Arme, er vergräbt die Hände in ihrem Haar, zieht ihren Kopf zu seinem Gesicht heran, küsst ihre warmen Wangen.

»Als ich dich zum ersten Mal sah, deinen Hinterkopf, als du die Kerze angezündet hast, dunkle Haare, die auf deinen nackten Rücken fielen, und dann hast du dich umgedreht, und ich sah dein Gesicht.«

»Und nun bist du hier.«

»Nun bin ich hier, immer wieder.«

»Aber heute ...«

»Zum letzten Mal, heute zum letzten Mal, deshalb nicht ins Kino, das letzte Mal, das allerletzte Mal möchte ich gern bei dir sein, nah bei dir sein.«

Er kaut das Brot, er drückt die Zitrone über den Fisch aus, es schmeckt gut, es schmeckt immer gut, was sie zubereitet. Sie hat die Füße auf seinen Schoß gelegt.

»Vielleicht sollte ich es erzählen. Vielleicht wird es Zeit, dass ich es zu Hause sage.«

»Ja.«

»Hm …«

»Warum nicht?«

»Ich trau mich nicht, es ist zu früh, es ist zu …«

»Brenzlig? Was denkst du, wie sie …«

»Wütend? Verschreckt?«

»Verschreckt?«

»Dass ich auch …«

»Weggehst?«

»Ja.«

»Aber du gehst doch nicht!«

»Nein.«

»Aber?«

»Sie werden es nicht glauben.«

»Die Zeit liefert doch von selbst den Beweis.«

»Ich weiß nicht, ich bin noch nicht so weit, glaube ich. Ist das schlimm?«

»Nein, nein, ganz und gar nicht, es ist doch gut so, oder?«

»Ich finde es sehr, sehr gut so. Du bist sehr, sehr gut, so.«

»Wie, so? Wieso?« Sie lachen. Er streichelt ihre Waden.

»Krista redet immer noch nicht mit Terri. Terri ist der Meinung, dass ich schuld daran bin, sie findet, dass ich sie ausschließe, sie denkt, dass ich die Kinder gegen sie einnehme. Ich sage ihr, dass sie mich nicht dazu brauchen, böse auf sie zu sein. Es stimmt im Übrigen auch wirklich nicht. Ich spreche mich ja gerade für den

Kontakt aus. Aber Kris ist fünfzehn, du kannst eine Fünfzehnjährige zu nichts zwingen, und was bringt ein Kontakt unter Zwang? Wenn sie sechs wäre, ja, mag sein. Ich habe heute eine Nachricht von der Familientherapeutin erhalten, wir können nächste Woche kommen. Wir gehen zu zweit, und dann später mit den Kindern zusammen. Man sollte meinen, dass Terri froh darüber ist, aber Terri ist nur wütend auf mich, weil ich den Termin für eine Zeit vereinbart habe, wo sie was anderes vorhatte, das sie jetzt verlegen muss.« Er schüttet es aus, sein Herz, die Zweifel, ob er es richtig macht, und sie hört zu, und sie gießt sein Glas voll, und später nimmt sie ihn vielleicht wieder mit in ihr Bett, um ihn zu zerdrücken, mit ihrem Körper, mit ihrer Liebe, warum bloß, ist er das wert?

Sie ruft ihm ein Taxi und schaut, wie er unten einsteigt und sich wegfahren lässt. Sie gießt sich den Rest aus der Flasche ins Glas. Sie hätte sich gewünscht, dass er über Nacht bei ihr bleibt, wie kann man jemand näherkommen, als wenn er schläft, wenn er in deinen Armen schläft. Sie denkt an den Fluss, der zwischen ihr und Felix strömte, zwischen ihr und Ernst, zwischen ihr und der Welt, zwischen ihr und David. Sie denkt an den Witz von den beiden dummen Blondinen diesseits und jenseits eines Flusses. Die eine legt die Hände um den Mund und ruft: Wie komme ich auf die andere Seite? Die andere legt auch die Hände um den Mund und ruft zurück: Da bist du schooooon! Sie denkt an seine Ehe, das Schreckbild, an ihr eigenes Leben. Solange er mit ihr schläft, wie er es tut, denkt sie, so sanft und voll und ganz, liefert er den Trost zum Schmerz und den Schmerz zum Trost. Das ist seltsam an der Liebe, die Liebe ist die Arznei, die man ohne ebendiese Liebe nicht bräuchte.

Herbst

Was bist du von wem von mir?

Er ist bei ihr zu Hause. Sitzt am Tisch. Will keine trockenen Sachen. Sie ist nach oben gegangen, hat rasch eine trockene Hose und ein trockenes Shirt angezogen und für ihn ein Handtuch geholt.

»Du schmilzt.« Sie zeigt auf den Fußboden unter seinem Stuhl, wo sich langsam eine Wasserpfütze bildet. Er grinst. Er hat ein ziemlich anständiges Oberhemd an mit einem glänzenden Adidas-Blouson darüber, eine tiefschwarze Hose, keine Dschellaba. Sie sind von dem Schauer überrascht worden, sie saßen auf ihrer Bank, und auf einmal wurde es dunkel, und Regen prasselte auf sie herab, als ob irgendwer Eimer Wasser über sie ausschüttete. Sie schrien und lachten, und er rief, übermütiger, als sie ihn je erlebt hat: Das fällt total aus allen Wolken! Und da hat sie daran gedacht, dass David arbeiten ist und Ally gleich nach der Schule zu Terri sollte, um Hausaufgaben zu machen.

»Möchtest du was trinken? Cola, Tee?«

»Cola gern.« Auf der Küchentheke steht unter einer Fliegenhaube der Rest von einem Pflaumenkuchen. Sie schneidet ein paar Stücke davon ab und legt sie auf einen Teller.

»Wie lange ist dein Vater schon tot?«

»Vier Jahre.«

Sie reicht ihm ein Glas Cola. Sie weiß jetzt auch, dass

er siebzehn ist und in die sechste Klasse einer weiterführenden Schule auf der anderen Seite der Stadt geht. Sie weiß, dass er zwei Nachmittage die Woche auf seine Geschwister aufpasst, wenn seine Mutter arbeitet. Dass sein älterer Bruder in einem Hotel arbeitet und eine eigene Bude hat und so gut wie nie nach Hause kommt. Rafik isst von dem Pflaumenkuchen und tropft Wasser auf den Fußboden.

»Er ist im Meer ertrunken, in Marokko. Wir wären beinah dort geblieben. Mimoun war noch ein Baby, meine Mutter wollte bei ihrer Familie bleiben. Aber nach drei Monaten sind wir dann doch wieder nach Hause gefahren.«

»Zum Glück.«

»Ja.«

»Und äh, vermisst du ihn?«

»Mwa.«

Sie essen Kuchen, trinken Cola, und wenn sich ihre Blicke kreuzen, lächelt sie, und er schaut ernst. Dann reden sie über die Schule und über Musik und über Marokko und über ihre Familien. Wenn er von seinen kleinen Geschwistern spricht, lächelt er schon, die ganze Zeit sogar, und als würde er es selbst gar nicht merken. Draußen gießt es immer noch in Strömen. Wenn ihr Gespräch stockt, was es manchmal tut, spürt sie, wie warm ihre Wangen sind, spürt sie ihr Herz in der Brust. Sie schaut auf den Flaum auf seiner Oberlippe und sieht die goldenen Sprenkel in seinen braunen Augen. Und mit einem Mal denkt sie: Ich werde sowieso nicht mit ihm knutschen, wie konnte ich so was Blödes denken; wenn sie daran dachte, mit einem Jungen zu knutschen, dachte sie dabei immer nahtlos daran, was sie Tirza davon berichten konnte, um ihr zu imponieren oder mit ihr mitzuhalten. Aber jetzt ist dieser Beweggrund weggefallen – falls sie mit Rafik knutschen sollte, würde sie das niemandem erzählen, weil nichts und niemand das beschmutzen durfte, schon gar nicht Tirza, für die er nur *dieser Mocro* sein wird –, und sie spürt, dass sich dieser dringende Wunsch, von ihm geküsst zu werden, in Luft aufgelöst hat. Sie möchte einfach bei ihm sein, nah bei ihm sein, egal, was er tut, selbst wenn er schweigt und sie ansieht oder auch nicht. Gerade als sie sich fragt, was jetzt, ob sie was zusammen machen sollen, ob sie ihm ihr Zimmer zeigen soll, oder ob das zu *awkward* ist, ob es in dem Zusammenhang noch ins Gewicht fällt, dass er Moslem ist, und ob er eigentlich wirklich ein gläubiger Moslem ist, ob diese Dschellaba das beweist, oder dass sie vielleicht unten im Wohnzimmer netflixen könnten, und was sie sich dann ansehen würden, geht die Tür auf und eine triefnasse Ally betritt die Küche.

»Oje.« Sie sehen sich alle an. Ally guckt auf die Wasserpfütze zu ihren Füßen. »Ich schmelze.« Krista fühlt, wie ihr die Schamröte ins Gesicht steigt. Sie wagt Rafik nicht anzusehen.

»Das ist meine Schwester Ally.«

»Hallo. Ich bin Rafik.«

»Hallo.« Was tut Krista denn so komisch, und warum wird sie so rot?, denkt Ally. Den ganzen Weg durch den strömenden Regen hat sie gehofft, dass Krista zu Hause sein würde, damit sie erzählen kann, dass Terri nicht zu Hause war, aber dass dieser Mann, dieser Mann, der ihnen ihre Mutter geraubt hat, wie David es letztens auf einmal genannt hat, als er es wieder mal zu erklären versuchte, aus Terris Schlafzimmer kam. In Unterhose. Und was dann für ein Gespräch zustande kam.

Ihr Handy vibriert unaufhörlich in ihrer Tasche. Terri natürlich. Na, die kann lange warten. Sie findet es nicht schlimm, dass dieser Mann zu ihrer Mutter in die Wohnung kommt, aber schon, dass Terri damit das wer weiß wievielte Versprechen bricht und dass Terri vergessen hatte, dass sie kommen würde, und dass dieser Mann, dieser Lucas, so ein Fiesling ist, das auch.

»Möchtest du was von Papas Pflaumenkuchen?«

»Ja.« Sie setzt sich an den Tisch.

»Solltest du nicht erst was Trockenes anziehen?«

»Ach ja.«

Sie geht nach oben und zieht ihre nassen Sachen aus, die sie auf dem Badezimmerfußboden liegen lässt. Wer ist dieser Junge eigentlich? Den hat sie noch nie gesehen. Krista wird doch wohl keinen Freund haben?

Als sie in Terris Wohnung kam, waren die Fenster beschlagen, und den Geräuschen nach war Terri unter der Dusche. Ally breitete ihre Schulsachen auf dem Tisch aus, Deutsch, Niederländisch, Mathe. Es war ein Kompromiss: Zweimal die Woche kam Terri früher nach Hause und Ally zu den Hausaufgaben – die David, Terris Meinung nach, ungenügend beaufsichtigt, wobei er das, was Ally betrifft, ja gar nicht zu tun braucht, weil sie ihre Hausaufgaben ja macht – zu ihr, und auch zum Essen, oft widerliches Zeug, nicht nur eklig und viel zu fad, sondern auch angebrannt oder überhaupt nicht gar, Terri kann nicht mehr kochen, es scheint so, als wären mit dem Hausrat auch ein paar Fertigkeiten aufgeteilt worden. Beim Essen stellt Terri ihr zwar Fragen, aber sie scheint sich die Antworten nicht zu merken, denn sie fragt mindestens einmal die Woche, ob sie nicht mal Isabel mitbringen möchte. Heute wollte Ally sagen, dass sie in den Herbstferien ins Tenniscamp möchte. Wenn Terri sagen würde, dass das aberwitzig teuer sei, würde sie sagen, dass sie auch was davon bezahlen würde. Sie hat mindestens zweihundert Euro gespart und ist bereit, die beizusteuern. Als sie Wasser für Tee aufsetzte, ging hinter ihr die Badezimmertür auf, sie drehte sich um, und da stand er, ein Mann, in karierter Unterhose, mit nassen Haaren und den Händen auf der Brust, auf der er irgendwas Öliges verschmierte. Sie ist in stummem Schrecken erstarrt, mit dem Rücken gegen den Rand von der Spüle, und wahrscheinlich mit offenem Mund.

»So«, sagte er.

Sie hat nichts gesagt. Er trat ein paar Schritte auf sie zu.

»Hättest du nicht klingeln können? Man erschrickt sich ja zu Tode.«

»Aber ich wohne hier.«

»Na, soweit ich informiert bin, willst du nicht hier wohnen.« Da hätte sie natürlich sagen müssen, dass er, soweit sie informiert sei, auch nicht hier wohne, ja nicht mal hierherkomme, aber sie sagte nichts, sie war wie gelähmt. Das fiel ihm auch auf.

»Ich bin Lucas. Hast du deine Zunge verschluckt?« So standen sie einander gegenüber, er in dieser Unterhose und sie gegen die Spüle gedrückt, bis der Wasserkessel hinter ihr Dampf auszustoßen begann. »Das Wasser kocht.« Und als sie immer noch nichts sagte: »Ich geh mich mal eben anziehen.«

»Wo ist Mama?« Sie hat Mama gesagt, so was Doofes! Warum hat sie nicht Terri gesagt, warum sagte sie diesem Mann gegenüber Mama?

»Ich hab keine Ahnung, Ally, aber hier ist sie nicht.« Dann ging er weg, ins Schlafzimmer rein, machte die Tür zu. Ally hat das Gas abgedreht, ihre Tasche eingepackt und ist in den strömenden Regen hinausgegangen.

Sie zieht ihren Pyjama an und geht nach unten in die Küche. Auf dem Tisch liegt Die Siedler von Catan.

»Spielst du mit?« Krista hat schon so lange kein Spiel mehr mit ihr spielen wollen.

Oben in ihrer Hosentasche geht ihr Handy zum siebten Mal und die Mailbox springt an.

»Ally, hier Terri, sorry, sorry, sorry, ruf mich bitte kurz zurück, ich wurde bei der Arbeit aufgehalten, ich wusste nicht, dass Lucas noch da war. Du hast bestimmt einen Schreck gekriegt, aber gut, jetzt hast du ihn kennengelernt, irgendwann musste das ja mal sein. Ruf mich mal eben zurück. Sei bitte nicht so.« Terri legt auf und flucht und nimmt ihre Tasche und läuft zu ihrer Bürotür hinaus.

»Etwas mit meinem Kind, ich muss nach Hause«, sagt sie zu ihrem Kollegen. Auf dem Fahrrad ruft sie Lucas noch einmal an, aber auch er nimmt nicht mehr ab. So was Saublödes, dass sie Ally vergessen hat, und sie wäre nie auf die Idee gekommen, dass Lucas, den sie um halb neun heute Morgen in ihrer Wohnung zurückgelassen hat, um zwei immer noch da sein würde, was ist denn in den gefahren? Er hat ihr gewhatsappt:

Ally kennengelernt, du hättest ja auch mal sagen können, dass sie kommt. Sie fährt die alte Strecke zu ihrem alten Zuhause. David hat ihr gesagt, dass sie aus Rücksicht auf Krista nicht unangekündigt in die Gorterlaan kommen darf, aber das ist eine Unverschämtheit, findet sie, wieso aus Rücksicht, das Haus gehört formal immer noch zur Hälfte ihr, verdammt, und die Kinder sind auch ihre, es sind ihre Kinder, sie darf doch wohl ihre Kinder aufsuchen. Sie hat keinen Schlüssel bei sich, wird also artig klingeln müssen. Notgedrungen, nicht aus Rücksicht. Es hat aufgehört zu regnen. Ihr Fahrrad hat einen Platten.

Zum ersten Mal seit einem Jahr vielleicht schon ist sie glücklich, glücklich, wie sie es früher war, glücklich, wie ein Kind glücklich ist, ohne dass sie irgendwas bedauert, ohne dass irgendwas sie beschwert. Sie baut ein Dorf, sie legt eine Straße an, sie isst Kuchen und Paprikachips durcheinander. Krista ist einfach die ewige, unveränderliche Krista, die sie schon ihr ganzes Leben um sich hat, und Rafik ist nett und hat gesagt, dass er ihren Pyjama hübsch findet, wo dieser Pyjama ihr doch zu klein ist und ganz verschossen vom vielen Waschen und es überhaupt komisch ist zu sagen, dass man jemands Pyjama hübsch findet.

»Warum bist du eigentlich nicht bei ihr?«

»Sie war nicht da.«

»Tssss.« Krista schüttelt den Kopf und würfelt. »Unsere Mutter«, sagt sie zu Rafik, »die es satthat, unsere Mutter zu sein.« Und dann, nach einem Blick auf Ally: »Unsere Mutter, die Hure.«

Ally ist wie vom Donner gerührt und fühlt, wie sich in ihr sämtliche Verteidigungstruppen in Habachtstellung begeben, die müssen ja dauernd jeden gegen jeden verteidigen, doch dann entspannt sie sich und lacht und nickt, und es hat etwas Befreiendes, es zu wiederholen, unsere Mutter, die Hure.

Rafik schaut sehr ernst.

»Ich würde das nicht sagen«, sagt Krista, auch ernst, »wenn ich nicht auf ihrem Handy das ekelhafteste Sexzeug gelesen hätte. Echt zum Kotzen.«

Ally starrt sie an. Hätte sie das nicht sagen dürfen? Rafik starrt sie auch an. Denkt er jetzt, dass ihre Mutter auf sie abfärbt? Krista wird auf einmal nervös, sie hätte das nicht erzählen sollen, natürlich nicht, es ist ihr rausgerutscht, und unvermittelt bricht sie in Tränen aus, für sie selbst völlig überraschend, und sie beginnt schluchzend die ganze Geschichte mit den vertauschten Handys zu erzählen.

»Sie hat vielleicht eine Midlifecrisis. Das kann auch wieder vorübergehen«, sagt Rafik. »Bei den Eltern von einem Freund von mir ist das auch so, die haben sich getrennt, und jetzt daten sie beide wie die Irren. Mein Freund schämt sich tot.«

»Sind sie Muslime?«

»Nein, nein, wir machen so was nicht. Oder, äh, Muslime machen so was nicht.«

»Warum nicht?«

»Wir dürfen das nicht.«

»Oh.«

»Bei uns gibt's dann wieder andere Sachen.«

»Aha. Du bist übrigens immer noch klatschnass.«

»Oh.«

Krista schnäuzt sich die Nase. Sie nimmt die Flasche Cola aus dem Kühlschrank und gießt allen noch mal was davon ein.

»Aber was soll man mit so 'ner Mutter, Rafik, was würdest du machen?«

»Wahrscheinlich musst du sie mal 'ne Weile in Ruhe lassen.«

»Ja, das tue ich.«

»Ja, das tut sie, sie redet nicht mal mehr mit ihr. Sie hat sogar ihre Nummer gesperrt. Und wenn Terri von ihrer Arbeit aus anruft, drückt sie sie weg. Und bei unbekannten Nummern geht sie sowieso nie dran. Und Papa hat Terri verboten, hier einfach hereinzuschneien.«

»Aber das macht Terri total verrückt. Die schreibt mir jetzt Briefe.«

»Briefe? Wie viele Briefe hast du denn von ihr?«, fragt Ally.

»Zwei. Den ersten hab ich noch gelesen, darin sagte sie, dass sie nicht mehr meine Mutter sein will.« Jetzt fängt sie wieder an zu heulen, verdammt. Sie trocknet sich die Augen und trinkt einen Schluck Cola. »Und im zweiten … ich weiß nicht … da probiert sie … ich weiß es nicht … meine Freundin zu sein oder so. Keine Ahnung, ich hab ihn nicht zu Ende gelesen. Es ist zu schrecklich.«

Es klingelt.

»Rafik, machst du bitte auf? Und wenn es Terri ist, dann schick sie weg.« Sie fasst seine Hände.

»Wie weiß ich, ob es Terri ist?«

»Wenn es eine eher dünne Frau ist mit wütendem

Blick in den Augen, dann ist es Terri«, sagt Krista und fischt ihr Handy aus der Hosentasche.

»Und mit einer grünen Jacke«, ergänzt Ally.

»Ich ruf jetzt David an.«

»Guten Tag.« Er stemmt die Hände links und rechts gegen die Türpfosten.

»Tag. Das ist mein Haus. Wer bist du?«

»Rafik el Omri, wie geht es Ihnen?« Er streckt ihr die Hand hin.

»Was bist du von wem von mir?«

»Bitte?«

»Was machst du hier?«

»Ich spiele mit Krista und Ally Die Siedler von Catan.« Sie hat seine ausgestreckte Hand ignoriert, und er legt sie wieder an den Türpfosten.

»Wie alt bist du?«

»Siebzehn.«

»Weiß David, dass du hier bist? Kennt David dich?«

»Wir sind uns noch nicht begegnet.«

»Könntest du vielleicht einen Schritt zurücktreten, damit ich reinkann?«

»Ich glaube, dass Ihre beiden Töchter nicht möchten, dass Sie hereinkommen.«

»Ally schon.«

»Auch Ally nicht.«

»Wie heißt du noch mal?«

»Rafik.«

»Ich habe noch nie etwas über dich gehört.«

»Ich habe auch erst heute zum ersten Mal etwas über Sie gehört.«

»Was hast du gehört?«

»Die beiden haben etwas darüber erzählt, dass Sie weggegangen sind, über ihre Briefe an Krista und über den Whatsapp-Chat mit Ihrem Freund.«

»Den was?«

»Den Chat mit Ihrem Freund, wie der geartet war.«

»Was?« Ihr weicht alles Blut aus den Wangen. »Wovon redest du?«

»Es war natürlich nicht beabsichtigt, dass sie das liest, nicht von Ihnen beabsichtigt, aber es ist passiert.«

»O Gott.«

»Die Offenherzigkeit in Ihren Briefen machte das Ganze nicht gerade besser.«

»O Gott, o Gott.«

»Die hat sie daher auch nicht gelesen, den zweiten jedenfalls nicht, das war natürlich schon beabsichtigt, von Ihnen beabsichtigt, aber das ist nicht passiert, diesen zweiten Brief hat sie nicht zu Ende gelesen.«

»Lass mich rein.«

»Schlechte Idee.«

»Das entscheide ich schon selbst.«

»Sehen Sie es wie eine Handvoll Sand, je fester sie die Hand zudrücken, um ihn festzuhalten, desto schneller entgleitet er Ihnen.«

Terri starrt ihn an. Was ist denn das für ein Typ? Was steht der hier in ihrer Haustür und hängt den gottverdammten Weisen raus?

»Ally! Krista! Halloooo!«

Als wollte sich die Außenwelt einmischen, fängt es genau in diesem Moment wieder an zu gießen. Terri steht diesem Jungen, diesem Rafik, gegenüber, der den Zugang zu ihrem Haus versperrt, und der Regen klatscht ihr mit erbarmungsloser Gleichgültigkeit auf den Kopf und strömt ihr übers Gesicht.

»Sie sollten lieber gehen.« Er macht ihr die Tür vor der Nase zu, und sie hämmert mit den Fäusten auf das dunkelgrün gestrichene Holz.

»Mach auf, verdammt!«

Sie sinkt vor der Tür auf die Knie. Krista also. Sie versucht sich zu erinnern, ob etwas Negatives über Krista drinstand, aber sie glaubt nicht. Ihr ist ja klar, dass es schrecklich ist, wenn die Eltern mit Sex in Verbindung gebracht werden, und sie würde ihre Töchter niemals damit behelligen, aber es war *ihr* Handy. Krista ist selbst schuld, das ist die Strafe dafür, dass sie die Nase ins Handy ihrer Mutter gesteckt hat. Nichts ist mehr heilig, nichts mehr privat in einer Familie, das wäre damit wieder einmal belegt. Nun musste sie in diesem Haus zur Krönung auch noch die Verletzung des Briefgeheimnisses mitmachen. Sie weint jetzt, wütend, im Recht, aber ohne etwas davon zu haben.

»Terri? Du meine Güte.«

»Auch hallo.«

David sitzt auf seinem Fahrrad und stützt sich mit einem Bein am Boden ab. Im Regenanzug, wie ein unförmiges Plastikgebilde, denkt sie, mein Ehemann.

»Ich darf nicht rein.«

»Geh schön nach Hause.«

»Sagtest du gerade schön?«

»Ja, das sagte ich.«

»Du hetzt die Kinder gegen mich auf.«

»Keineswegs. Wollen wir das morgen bei Paulien besprechen?«

»Ach ja, Paulien«, sie stößt einen tiefen, hoffnungslosen Seufzer aus, »Beziehungstherapie.«

»*Familien*therapie.«

»Drinnen ist ein Junge, Rafik heißt er, Kristas Schwarm, vermute ich, mindestens drei Jahre älter.«

»Schwarm? Also das würde mich wundern. Komm, Terri, steh auf, geh nach Hause.«

»Nein.«

David steigt vom Rad, stellt es auf den Ständer, stellt ihr Rad, das an der Wand lehnt, in Fahrtrichtung auf.

»Ich hab einen Platten.«

Er schaut sich das Rad an. Es hat nicht nur einen Platten, sondern auch eine gewaltige Acht im Reifen.

»Und damit bist du gefahren?«

»Ja.«

»Schussel. Warte mal eben. Ich schau kurz, wie es drinnen aussieht, und dann bringe ich dich nach Hause.«

»Ich gehe mit rein.«

»Nein.« Er geht an ihr vorbei, öffnet die Tür und macht sie gleich wieder hinter sich zu.

Sie erhebt sich und blickt, als sie sich umschaut, der Nachbarin ins Gesicht, die am Küchenfenster steht, das sich direkt neben ihrer Haustür befindet. Terri zeigt ihr den Stinkefinger und macht sich auf den Weg.

Als sie eine halbe Stunde später triefnass vor ihrer Haustür steht, realisiert sie, dass ihr Schlüsselbund noch an ihrem Fahrrad hängt. Sie greift zu ihrem Handy, doch das ist aus. Tot. Akku leer oder zu nass geworden. Es kommt nicht in Frage, dass sie erneut wie ein Häufchen Elend vor einer Tür niedersinkt, also jagt sie sich wieder auf die Straße. Nicht zur gegenüberliegenden Seite zurück und nicht zu Lucas, sondern irgendwo ein Ladegerät auftreiben und eine Fahrradreparatur anrufen. Unabhängig sein. Die Demütigung durch diesen marokkanischen Knaben, der ihr von dem Chat mit Lucas erzählt und *wie der geartet war*. Und dass Kris ihre Briefe nicht liest. Und warum gehst du nicht schön nach Hause? David in seinem hässlichen Regenanzug, nein, dann lieber nass werden. Sie betritt eine Kneipe, leiht sich ein Ladegerät aus, bestellt einen Tee und setzt sich an den Heizkörper in der Ecke.

»Alles in Ordnung?« Die Bedienung stellt die Teebox neben ihr Glas und reicht ihr ein Geschirrtuch. Sie sieht bestimmt erbärmlich aus. Sie stellt das Zähneklappern ein, nickt und lächelt: »Ja, ja, es geht, Schlüssel verloren.« Alles verloren. Sie trocknet sich Haare und Hände. Ihre Jacke ist ziemlich wasserdicht, ihre obere Körperhälfte daher einigermaßen trocken geblieben. Wenn diese Paulien morgen nicht bereit ist, sie in Bezug auf den Kontakt zu Krista, notfalls unter Zwang, zu unterstützen, sondern Davids lascher Gib-ihr-Zeit-Auffassung beipflichtet, wird sie diese Frau an was immer sie anhat über den Tisch zerren.

Zehn Minuten ein Gespräch

Sie warten auf dem Gang. Sev läuft an den Zeichnungen entlang, die dort an der Wand hängen, Selbstporträts der Kinder mit Dingen um sie herum, die sie charakterisieren oder die ihnen einfach gefallen. Um Hendriks Kopf tanzen Legosteine, ein iPad, ein Fußball, ein Regen aus Buntstiften. Ernst sitzt auf einem Tisch und sieht mittelmäßig schlecht aus, es könnte schlimmer sein. Die Eltern von wem noch mal kommen aus dem Klassenzimmer, und die Lehrerin winkt sie herein. Sie setzen sich ihr gegenüber.

»So! Hendrik!«, sie sucht ein paar Papiere zusammen. »Was meint ihr selbst, wie es läuft?« Sie haben beide den Eindruck, dass es gut laufe, und das bestätigt die Lehrerin, sie zeigt ihnen die Ergebnisse, breitet diese vor ihnen auf dem Tisch aus. Ernst fährt mit dem Finger die Zeilen entlang wie ein Kind, das gerade lesen lernt. Sein Finger stockt bei einem leichten Sinkflug der Linie, die den Stand angibt. »Äh ja, das ist, mal schauen, ja, das betrachte ich als Momentaufnahme, die gleichen Aufgaben hat er danach wieder prima bewältigt.« Da Ernst jetzt dicht neben ihr sitzt, kann sie ihn riechen. »Er macht allerdings regelmäßig einen etwas müden Eindruck. Kommt euch das bekannt vor? Neulich ist er während des Unterrichts eingeschlafen.«

Ernst und Sev sehen sich an. Er denkt bestimmt, dass

sie sich nicht gut genug um Hendrik kümmert, er denkt bestimmt, dass sie bestimmt denkt, dass er sich nicht gut genug um ihn kümmert. Sie verkneift sich die Frage, an welchem Tag das war, in wessen Woche das vorgefallen ist.

»Er ist ein schlechter Schläfer«, sagt sie.

»Hm, früher vielleicht, aber gegenwärtig schläft er doch gut, oder?«

Die Lehrerin denkt bestimmt: Geschiedene Eltern, einziges Kind, der arme Junge. Es gibt keine weiteren Besonderheiten, diese Schläfrigkeit werden sie im Blick behalten, die Lehrerin wird Bescheid geben, wenn es wieder vorkommt. Wem? Ganz egal, sie halten sich gegenseitig auf dem Laufenden. Wie gut, wenn das so geht. Es ist nicht immer so harmonisch. Sie nicken alle drei froh. Wenn Ernst nicht noch mit Erinnerungen an seine eigenen Schultage die Zeit gefüllt hätte, hätten sie weit vor Verstreichen der zehn Minuten wieder draußen gestanden. Sie macht gar keine Anstalten, etwas darüber zu sagen, denn sie rechnet die Intensität ihrer Verärgerung gegen die Dauer des Vorgangs auf und realisiert, dass es weit mehr Zeit kosten würde, die Sache anzusprechen, und ihre Verärgerung dadurch nicht abnähme. Man sollte einfach versuchen, sich davon nicht zu sehr anfechten zu lassen.

»Na, das lief doch prima. Es läuft also prima.« Er zündet sich eine Zigarette an.

»Ja.«

»Er macht sich also richtig gut. Richtig gut.« Ja, denkt sie, sag's noch einmal. »Richtig gut.«

»Ja.«

»Trinken wir noch ein Gläschen?«

»Wo ist Hendrik?«

»Bei den Nachbarn.«

»Nein, ich glaube, ich geh besser nach Hause. Ich muss noch … dies und das. Ein andermal, ja?«

»Lass uns aber bald mal wieder ein paar Sachen besprechen«, sagt er.

»Was für Sachen willst du besprechen?«

»Sachen halt, alles Mögliche.«

Als sie noch zusammenlebten, hatte sie oft das Gefühl, dass er auf ihr draufsaß und ihr die gesamte Luft abdrückte.

»Okay, schlag mal was vor«, sagt sie dann.

»Ja, ich schau mal.«

»Wir sehen uns sowieso am Sonntag, du bringst Hendrik doch wie üblich nach Hause, oder?«

»Zu dir nach Hause.«

»Ja, das meine ich.«

»Bei mir ist auch sein Zuhause.«

»Ja, ja, entschuldige. Sagst du ihm liebe Grüße?«

»Aber sollten wir nicht über dieses Einschlafen reden?«

»Ja, das nehme ich schon an.« Sie dreht die Füße wieder in seine Richtung. »Ich weiß nicht, Ernst, wenn das ein einziges Mal passiert ist, ist das doch vielleicht nicht schlimm, oder? Zufall? Bei mir geht er nicht spät zu Bett, um halb neun oder so, ganz normal, und dann liest er noch ein bisschen.«

»Bei mir auch. Na ja … also. Wir sollten das mal im Blick behalten.«

»Ja.«

»Aber macht er auf dich einen müden Eindruck?«

»Hm, nein.«

»Vielleicht sehen wir nicht genau genug hin.«

»Er ist ein einziges Mal im Unterricht eingeschlafen, und im Zeugnis hat er ansonsten lauter gute Noten. Lass es uns nicht aufbauschen.«

»Aber es wäre schade, wenn wir etwas …«

»Übersehen. Ja, das begreife ich.« Die enorme Verlangsamung, die er in alles hineinlegt; Sandsäcke auf ihrem Schwanz, so fühlt es sich an, so fühlte es sich über weite Strecken ihres gemeinsamen Lebens an. Als es beendet war, war sie nicht erleichtert, sondern ihr war monatelang schlecht vor Schuldgefühlen. Im ersten Halbjahr rief er sie regelmäßig an und bat um eine Erklärung. Warum sie ihre Beziehung gelöst habe, immer wieder dieselbe Frage, und darauf alle ihre Varianten einer Antwort. Im zweiten Halbjahr fragte er nicht mehr, warum sie einen Schlussstrich darunter gezogen habe, sondern wollte nun wissen, warum sie die Beziehung überhaupt je angefangen habe. Nach einem Jahr fragte er gar nichts mehr dazu.

»Wie geht es dir sonst so?«

»Mir?«

»Ja.«

»Hm, ganz gut.«

»Womit bist du gerade beschäftigt?«

»Dies und jenes, kleinere Arbeiten.«

»Okay.«

»Und du?«

»Es geht etwas besser.« Es geht immer etwas besser.

»Wie gut.«

»Ja.«

»Ich muss gehen.«

»Ich verstehe.«

In einer Stunde kommt David. Sie hat Kalbsbäckchen gemacht, heute Morgen schon, und es gibt Chicorée. Aber sie will mit ihm nach draußen, in ein Restaurant, wegrudern von ihrer Insel.

Eine zeitraubende Form von Wahnsinn

Sie zieht ihre Laufsachen an, bindet die Haare zusammen, streicht sich über beide Knie. Wenn du ohnehin rennen gehst, hat Lucas gesagt, dann komm doch eben bei mir vorbei und gib mir deinen neuen Wohnungsschlüssel. Aber sie hat nur ihren eigenen Schlüssel in die kleine Tasche an ihrem Ärmel gesteckt. Sie schließt die Tür und geht durch das unordentliche Treppenhaus nach unten. Dann läuft sie die Straße hinunter, die Straße, in der sie während ihres Studiums gewohnt hat, als sie nie darauf gekommen wäre zu laufen, außer um eine Straßenbahn zu bekommen, und nie gedacht hätte, dass ihr Leben eine so konventionelle Gestalt annehmen würde, verheiratet, zwei Kinder, Neubau-Reihenhaus, Stadtrand, feste Anstellung. Welche Gestalt denn dann, wovon träumte sie? Und mit einem Mal ist sie sich sicher, dass das Problem darin bestand, dass ihre Träume keine konkrete Gestalt hatten, außer einem generellen Gefühl von Bedeutsamkeit und Abenteuer, von Leben und Liebe, aber alles nicht klar umgrenzt, und auch, dass alles in Aussicht stand, noch kommen würde, von selbst, wie der Sommer, wie der Morgen nach der Nacht, wie das nächste Jahrhundert. Da gab es einen Richard, sie weiß, dass David denkt, sie sei mit ihm ins Bett gegangen, sie hat diesen Gedanken genährt, sie wollte als eine Frau von

Welt erscheinen, warum wollte sie so erscheinen, aber es nicht sein? Warum war sie so gottverdammt brav gewesen? »Kannst du mal erzählen, weswegen du so böse bist?«, hat Paulien nach einer halben Stunde gefragt. Dabei ist doch gerade sie in dieser ganzen halben Stunde die Vernünftige gewesen, da in diesem Raum mit der blöden Waldtapete an den Wänden, diejenige, die weiß, was sie tut, diejenige, die weiß, was sie will: ein neues Kapitel in ihrem Leben, worin die Dinge in Bewegung sind, worin David nur eine marginale Rolle spielt, aber ihre Kinder ganz normal zu ihr gehören. David war der Unvernünftige, voller großer und kleiner Vorwürfe, voller Selbstmitleid, und diese Therapeutin war völlig zu Unrecht auf seiner Seite. »Ich bin auf niemandes Seite«, entgegnete die, als Terri das gesagt hat, »mir geht es ausschließlich um das Wohl eurer Kinder, also wenn ich auf jemandes Seite bin, dann auf ihrer.« Als ob die wüsste, was gut für Kinder ist, die sie nie gesehen hat! Als ob David und Ally und Krista und sie selbst einfach für die Rollen gecastet worden wären und sich jetzt an das gottverdammte Drehbuch halten müssten. Das ist ein Lucas-Gedanke. Oder doch ein eigener Gedanke? Sie läuft über einen kleinen Platz und hüpft vor einer Ampel vom einen Fuß auf den andern, bis diese auf Grün springt und sie die Straße überqueren kann. Sie fühlt ihre Beine, der Muskelkater in ihren Waden weicht, das Laufen macht sie steif, sie müsste Yoga machen, zusätzlich. Sie atmet tief ein, es ist angenehm draußen, nicht mehr so heiß, die Tage werden kürzer, ihr Herz klopft, und sie beginnt zu schwitzen. Paulien hat sie verurteilt, wie kann sie dieser Frau jetzt noch vertrauen und ihr gestatten, eine Rolle in ihrem Leben zu spielen? David sagte, dass sie ihr Ally gemachtes Versprechen gebrochen habe, Lucas nicht in ihre Wohnung kommen zu lassen. Sie hat erwidert, dass sie mit Ally darüber reden wolle, nicht aber mit ihnen beiden. Sie hat sich geweigert, überhaupt über Lucas zu sprechen. Sie hat gesagt, die Konsequenz ihrer Entscheidung sei, dass manche Dinge jetzt privat seien, ihr Liebesleben zum Beispiel. David hat die Augen verdreht und die Hände über dem Kopf zusammengeschlagen, also ungeniert zum Ausdruck gebracht, wie bescheuert er sie findet. In ihr reift die Erkenntnis, dass David sie gar nicht liebt, obwohl er behauptet, dass daher sein Schmerz rühre. Ihre Ehe war ein Arrangement, sein jetziges Verhalten belegt das. Er mag sie gar nicht, das hat er offenbar die ganzen Jahre über hinter dem Theater, das so eine Ehe ist, versteckt. Bei ihr sein, zu ihr gehören zu wollen, war nur eine fixe Idee. Sie hat auf den grünen Dunst zwischen den graubraunen Stämmen an der Wand gestarrt und wäre am liebsten darin verschwunden, bloß weg von der verlogenen Schau dieser Therapie.

Sie rennt in den Park hinein, der sich schon herbstlich zu färben beginnt. Sie kommt in den Rhythmus, verliert mit ihrem Schweiß und ihrem Atem auch ihre Wut und spürt, wie ihr Kopf allmählich freier wird. Sie denkt an Lucas und wie Lust und zunehmender Widerwille in ihr streiten. Das Ganze war vielleicht eine Revanche für ihre Bravheit, ein pubertäres Aufholmanöver. Lucas ist ja nicht mal liebenswert. Er selbst bezeichnet Verliebtheit als zeitraubende Form von Wahnsinn. Manchmal denkt sie, dass er ein Psychopath ist, ohne Mordlust zwar, aber auch ohne Empathie und ohne Interesse an etwas anderem als sich selbst. Sie wird ihm keinen Schlüssel bringen, sondern sie wird einen Schlussstrich ziehen. Und dann wird sie bei dieser Paulien und ihrer Tapete gut Wetter machen, und sie wird Krista Raum geben, allen Raum geben, für eine Weile, und sie wird sich bei Ally entschuldigen, ohne Wenn und Aber und ohne Intimitäten über sich selbst, und sie wird ihre volle Mitwirkung am Elternplan zusagen, und auch an einer finanziellen Konstruktion, sie wird alle Konsequenzen dieser finanziellen Konstruktion akzeptieren, sie sehnt sich geradezu nach der Enthaltsamkeit, die sich für sie daraus ergeben wird, die sie sich verordnen wird, keine neuen Klamotten, kein Schnickschnack, kein Urlaub: Askese. Sie wird das Urteil annehmen. Sie wird sich auf eine Diät von Büchern und Filmen setzen, die sie nähren und zustopfen. Sie wird sich befreien, richtig frei machen.

Als sie aus dem Park hinausläuft, sieht sie Simone. Bevor sie mit abgewandtem Blick abbiegen kann, hat die sie auch gesehen. Seit diesem blöden Abend nicht mehr gesprochen, sie weiß, dass David regen Kontakt mit Hugo hat, da wird er wohl viel klagen, über sie.

»Hallo.«

»Terri, wie gut, dich zu sehen, wie geht's?«

»Ja.«

»Wie steht's?«

»Ja. Ich wohne jetzt hier, dort, in der …«, ihr Arm bleibt unbestimmt in der Luft hängen.

»Ich weiß, ich hab's gehört.« Betonung auf »weiß«, Betonung auf »gehört«.

»Ja, ja, du bekommst natürlich alles zu hören.«

»Die Fakten zumindest, aber wie steht's, wie geht es dir?« Betonung auf »geht«, Betonung, die Verbundenheit ausdrücken soll. Leute, die einen in Gespräche verwickeln, während man am Laufen ist, die einen aus dem Flow reißen, sorgen dafür, dass einem der Schweiß auf dem Körper kalt wird. »Siehst du Krista denn jetzt wieder?«

»Ja, ja.« Wer sagt, dass man in so einem Gespräch die Wahrheit sagen muss? Als wenn die Katastrophentouristin ihr gegenüber so aufrichtig wäre. »Ja. Zum Glück, das läuft wieder alles.« Und bevor Simone mit den hochschnellenden Brauen weiter ihre Krallen in sie schlagen kann: »Und wie steht's mit Jane?«

Simone sagt, dass alles in Ordnung sei und sonstige Allgemeinheiten, und lockert unterdessen ihr Haar mit den Händen, eine merkwürdige Gebärde, so für sich betrachtet. Terri dehnt ihre Oberschenkelmuskulatur, mal im einen, mal im andern Bein. Danach schwingt sie die Hüften hin und her.

»Weißt du«, sagt sie dann, »es ist nicht etwa so, dass ich jetzt glücklich bin, das ist längst nicht so leicht, wie ich dachte, wie alle denken, aber ich sehe mein Unglücklichsein jetzt ganz anders.«

»Ach.«

»Und realisiere Sachen.«

»Sachen.«

»Ja. Über die Ehe.«

»Ach.«

»Dass man sich selbst verliert. Oder den andern kleiner macht.«

»Ja, ja. Aber …«

»Es ist nicht so gut, plötzlich stehen zu bleiben, wenn man am Laufen ist.«

»Nein.«

»Also tschüs!«

Sie sprintet davon.

Terri steht in ihrem blauvioletten Lycra-Laufanzug vor der geöffneten Tür. Er hat sie seit der unbeabsichtigten Begegnung mit ihrer Tochter nicht mehr gesehen oder gesprochen. Es ärgert ihn, wenn sie den Rhythmus ihrer Treffen vorgibt. Vielleicht sollte er Schluss mit ihr machen, zu viele Umstände, zu viel Betrübliches in letzter Zeit. Aber Schluss machen wollen wäre gerade so, als hätten sie was miteinander. Sie ficken. Das ist's. Regelmäßig. Es soll ihn von nichts ablenken. Weder durch ihre Emotionen noch durch seine eigenen Emotionen. Er hat Besseres zu tun auf der Welt.

Terri geht an ihm entlang in die Küche und trinkt an der Spüle zwei Gläser Wasser. Er stellt sich hinter sie, riecht ihren frischen Schweiß.

»Vor einem Jahr«, sagt sie.

»Was?« Er legt die Hände auf ihre Hüften.

»Vor einem Jahr etwa haben wir, glaube ich, zum ersten Mal …«

Er drückt seine Erektion gegen ihren Hintern. Sie wird doch wohl nicht Jubiläum feiern wollen, mit Champagner und sentimentalem Gewäsch? Sie lehnt sich an ihn, er legt die Hände auf ihre Brüste, auf das nasse, enge Shirt. Er hasst es, wenn ausgewertet werden muss, er hasst es, wenn intelligente Menschen ihre Intelligenz dazu benutzen, sich in den eigenen Schwanz zu beißen, wenn sie ihre Gefühle wie seltene Tiere unters Mikroskop legen und sezieren. Er streift ihr die Hose runter. Sie schiebt unwillkürlich den Po nach hinten, und als der Stoff am Boden liegt, hebt sie einen Fuß und stellt die Beine auseinander. Lucas fingert sie, und sie legt die Unterarme auf die kühle Spüle. Sie muss allein sein, denkt sie, allein, und von vergeudeter Zeit kann keine Rede sein, jedenfalls lässt sich die vergeudete Zeit, falls es sie doch geben sollte, unmöglich aufholen. Sie sollte nur noch Sex mit Lucas haben, wenn ihr alles andere egal ist, doch wenn ihr alles andere egal wäre, hätte sie keinen Grund mehr, es zu tun.

»Lucas?«

»Terri?«

»Hör mal auf.«

»Was?«

Sie dreht sich um. Sieht ihn an. Lächelt.

»Ich gehe. Ich … ich gehe. Ich gehe weg.«

Auf der anderen Seite vom Fluss legt Krista ihre Hand in die Hand Rafiks. Die Sonne steht tief über der Autobahn und taucht die Sträucher auf der Lärmschutzwand in ein leuchtendes Orange. Ally ist in ihrem Zimmer, sie hat alle ihre Stofftiere an der Zimmerwand aufgereiht, wohl wissend, dass sie dafür langsam zu alt ist, aber das kümmert sie nicht, es braucht ja niemand zu erfahren.

David klingelt bei Sev, doch anstatt die Haustür unten zu öffnen, fährt sie mit dem Aufzug runter. Vor der Haustür legt sie David, der sie erschrocken anstarrt, da nun das Tageslicht zum ersten Mal nicht durch ihre Fenster auf sie fällt, die Hand an die Wange. »Komm«, sagt sie und zieht ihn mit. Ernst macht Tee, und Hendrik malt in derselben Küche ein Bild von einem riesigen Schiff für Sev, er vermisst sie und hat versucht, sie anzurufen, aber sie ist nicht rangegangen.

Ende

Ich war bei einer Buchpräsentation, von jemand, den ich seit etwa fünfzehn Jahren kenne und der im Laufe der Zeit immer asketischer geworden ist. Anfangs war er dick und fröhlich und versoffen, aber jetzt hat er den Körper eines Marathonläufers und führt das Leben eines Mönchs. Er wohnt irgendwo in Italien in einem Geisterdorf. Seine Frau ist was Bedeutendes, ich vergesse jedes Mal, was genau, sie jettet durch die ganze Welt, während er dort in der Stille allein zu Hause bleibt. Verrückterweise scheint seine Wandlung keinen Einfluss auf seine Bücher zu haben, die handeln nach wie vor von den Problemen von Städtern seiner Generation. Eine gewisse Mystik haben seine Geschichten auch von jeher gehabt, auch schon, als er selbst noch hier in der Stadt lebte und regelmäßig mit uns zusammen in die Kneipe ging. Langer Rede kurzer Sinn, jetzt ist sein sechstes Buch herausgekommen, es war nett, er hat eine schöne kleine Ansprache gehalten und sein Verleger auch, und anschließend sind wir in die Kneipe gegangen und haben endlos gequatscht.«

»Wer ist *wir*?«

»Oscar selbst, seine Frau, sein Verleger, ein paar Freunde von ihm, die ich auch alle kenne, meine Freundin Anne, ein Typ, den ich noch nie gesehen hatte und der meiner Meinung nach niemand von uns war, aber aus irgendeinem Grund mit uns von der Buchhandlung in die Kneipe gespült worden war. Ich habe, glaube ich, viermal gesagt ›aber das Letzte jetzt‹, bevor ich tatsächlich mein letztes Glas trank und zu meinem Fahrrad ging. Es war erst elf, ich hätte noch relativ früh zu Hause sein können, nur hatte ich außer ein bisschen Käsegebäck nichts gegessen.«

»Warst du betrunken?«

»Beschwipst.«

»Mmh.«

Sev sieht David ihr gegenüber an. Mmh, sagt er, mit einem Blick, den man anzüglich nennen könnte, wie ein Schuljunge, denkt sie, wie ein Schuljunge, der eine beschwipste Frau wegen der Verheißung von Hemmungslosigkeit spannend findet.

»Unterwegs hab ich bei einem Imbiss haltgemacht, um einen Döner zu essen. Es saßen noch zwei andere Leute da, ein etwa dreißigjähriger Typ, der Pommes aß, barfuß, Laptop vor sich, und ein kleiner Marokkaner mit Kappe, unter der ein krauser Pferdeschwanz hervorschaute. Irgendwann ruft dieser Junge, Ali hieß er …«

»Kanntest du ihn?«

»Nein. Ali ruft also diesem Typ mit den bloßen Füßen zu: He, Mann, was studierst du? Der Typ mit den bloßen Füßen schaut auf und sagt: Nichts, Mann, ich studiere nicht mehr. Was machst du dann?, fragt Ali. Leistungssport, sagt der Typ, Leistungssport und kreatives Brainstorming. Ali und ich brechen beide unwillkürlich in Lachen aus. Was für Leistungssport, will Ali wissen, und der Typ sagt, dass er Kitesurfing mache. Sie unterhalten sich eine Weile über IJmuiden und über den Wind und über Velsen, wo dieser Typ wohne und wo Ali mal zusammengeschlagen worden sei. Aus rassistischen Motiven, sagt Ali dazu. Und was war noch mal das andere, was du machst?, fragt er dann. Kreatives Brainstorming für kleine und mittelgroße Organisationen. Ali schüttelt den Kopf, sieht mich an, deutet mit nach oben gedrehter Handfläche zu dem Kitesurfer hinüber, als wolle er ihn mir vorstellen, und sagt: Man kann jemand doch auch total nicht ansehen, was er macht, oder? Ich pflichte ihm bei. Und wieso bist du barfuß, Mann?, fragt Ali anschließend, und du musst dir vorstellen, seine Fragen und die Art, wie er sie stellt, sind zwar sehr direkt, aber irgendwie auch richtig nett, weil er wirklich interessiert ist, denke ich. Der Typ sagt, dass er ein Jahr lang im Bett gelegen habe. Hä?, ruft Ali und sieht mich wieder an. Ein Jahr lang? Wieso, Mann, wie meinst du das, meinst du das wortwörtlich, meinst du, dass du wortwörtlich ein Jahr lang im Bett gelegen hast, oder meinst du was anderes? Aber der Typ meint es wortwörtlich, er habe Blessuren gehabt, sagt er, und mental sei es ihm auch nicht gut gegangen. Mannomann, sagt Ali, und der Typ packt jetzt seinen Laptop ein und zieht seine Schuhe an, die er also schon dabeihat. Kreatives Brainstorming, murmelt Ali noch einmal vor sich hin und trinkt einen Schluck von seiner Fanta. Was machst du denn?, frage ich nun, und Ali sagt, dass er Nachtportier in einem schicken Hotel in der Innenstadt sei. Er unterhält uns mit ein paar Anekdoten über Fremdgänger, Drogendeals, einen Selbstmörder, und ich sehe vor mir, wie klein er in dem Anzug aussieht, den er dort trägt, ohne seine Kappe und seine schlabbrigen Klamotten. Ich frage ihn, was ich wohl seiner Meinung nach mache. Ali sieht mich forschend an, knickt den Kopf nach links, nach rechts, kneift die Augen halb zu, bewegt den Oberkörper ein paarmal vor und zurück und fragt dann, mit in die Höhe gedehnter Stimme: Lehrkraft? Nein, Mann, sagt der Kitesurfer, der nun auch seine Jacke anhat, während er sich seine Tasche über die Schulter wirft: Schriftstellerin. Dabei hatte ich den Eindruck, dass er mich noch nicht ein einziges Mal angesehen hatte. Stimmt, sage ich. Ali klatscht in die Hände. Woher weißt du denn das, will er wissen. Alter, Mantel, Tageszeit, Equipment, sagt der Typ, und beim letzten Wort zeigt er auf meine Tasche. Die steckt in der Tat voller Bücher, aber das kann man von außen nicht sehen.«

»Meine Güte.«

»Der Typ ging, und Ali und ich unterhielten uns noch etwas über Bücher. Ali mochte es am liebsten, wenn alles wirklich passiert sei, und riet mir, das fortan zu beherzigen. Wenn es echt passiert ist, weißt du, sagte er, dann spürst du das. Er erzählte mir von seinem Lieblingsbuch, das handle von einem gescheiterten Anschlag auf Hassan den Zweiten von Marokko und einer jahrelangen Gefangenschaft unter der Erde. Es sei phantastisch, er habe es drei- oder viermal hintereinander gelesen. Ich fragte ihn, wie er darauf gekommen sei, gerade das zu lesen. Du bist scharfsinnig, erwiderte Ali, obwohl ich mit meiner Frage überhaupt nicht auf irgendwas hinaus gewesen war. Ich hab ein Jahr gesessen, sagte er, und da kannst du zwei Dinge tun: Du kannst mit dem Kiffen anfangen, oder du kannst ein Buch lesen. Wir nickten beide lange, als hätte ich auch irgendwann mal vor dieser Wahl gestanden. Er erzählte noch, dass er glaube, dass der Kitesurfer auch gesessen habe, das nenne man in seinen Kreisen ›ein Jährchen im Bett liegen‹. Und er meinte, dass es noch Glück im Unglück gewesen sei, dass er selbst wegen eines Gewaltdelikts gesessen habe, denn in dem Hotel würden die Mitarbeiter gecheckt, aber nur in Bezug auf Diebstahl. Sonst hätte er den Job nie gekriegt. Ich sagte, dass Nachtportier der perfekte Job sei, um viel lesen zu können, aber er schüttelte den Kopf. Nee, sagte er, gar nicht perfekt, ich will eine Freundin und ein Kind und alles, und das haut nicht hin, wenn du nachts arbeitest. Wir gaben uns die Hand, er sagte: Sag ruhig Ali, als heiße er eigentlich anders, und ich stellte mich auch vor.«

»Und dann?«

»Ging ich nach Hause.«

»Sag mal.«

»Ja?«

»Du schreibst doch nicht über uns, oder?«

»Nein, nicht wirklich, was ich schreibe, ist fiktiv, ich schreibe keine Tagebücher.«

David ist nicht entspannt. Während ihrer Erzählung hat er sich fast unmerklich auf seinem Stuhl gewunden. Seine Augen flatterten nervös, er sah sie nicht lange und ernst an, wie sie es von ihm gewohnt ist.

Es werden kleine Teller vor sie hingestellt, Thunfischtatar, Krabbenbällchen. Sie reicht ihm ein Stück mit Butter bestrichenes Brot.

»Gut, erzähl, was hast du erlebt?«

»Therapie. Familientherapie. Nur Terri und ich. Und Paulien, die Therapeutin, die sehr okay ist, wirklich sehr okay, sehr nett, sehr erfahren, sechzig oder so, für sie geht es um die Kinder, die Kinder stehen an erster Stelle.«

Stille. Sie vergessen, das Glas zu heben und einander zuzuprosten.

»Und weiter? Was hast du sonst noch gemacht?«

»Ich weiß nicht, ich habe einen Apfelkuchen gebacken.«

»Bring mir doch mal ein Stück mit.«

»Ja! Natürlich.« Er macht ein betretenes Gesicht, als hätte sie ihm einen Vorwurf gemacht.

»Einfach mal als Kostprobe.«

»Ja, ja, natürlich, Apfelkuchen? Oder etwas anderes, ich mache eine gute Himbeertorte.«

»Sag mal.«

»Ja?«

»Du könntest doch einfach sagen: Das ist Sev, du brauchst doch nicht zu sagen, dass ich deine Freundin bin.«

»Was?« Liest sie etwa seine Gedanken?

»Wenn wir jemand begegnen.«

»Ja.«

»Denn ich bin doch auch nicht deine richtige Freundin, oder?«

»Nein.«

»Oder wenn es ein Freund ist, Hugo zum Beispiel, könntest du doch erzählen, wie es sich verhält, oder? Du könntest sagen: Das ist Sev, und ihm später erzählen, wie es sich verhält, was zwischen uns ist.«

»Warum sollte ich ihm das erzählen?«

»Damit du darüber reden kannst. Damit du begreifst, wodurch du deinem Leben erlaubst, größer zu werden als das vom verlassenen Ehemann, der sich um seine Töchter kümmert, weil es größer ist, weil jemand in dir steckt, der kein Vater ist und kein Ehemann und kein Ex-Ehemann, sondern David, erwachsener Mensch, zärtlicher Liebhaber.« Als sie das Wort Liebhaber ausspricht, schießt sein Blick wieder zu den Tischen links und rechts von ihm hinüber. Sie muss lachen.

»Was lachst du?«

»Es ist dein Leben, David, warum solltest du dich so schämen?«

Die Teller werden abgeräumt, sie bestellen jeder ein Glas Rotwein und zusammen eine Flasche Wasser. Mit Kohlensäure, sagt sie, still, sagt er, aber er fügt sich. Am Nebentisch nimmt eine neue Gesellschaft Platz, Spanier, so wie es sich anhört.

»Die können uns zumindest nicht belauschen«, flüstert sie.

»Für dich ist das anders.«

»Was meinst du denn, wie es für mich ist?«

»Ich weiß nicht. Du bist so frei, so souverän.« Sie sieht ihn an, ohne sich zu rühren. Jetzt kommt's. »Du brauchst niemanden. Du isst Döner mit marokkanischen Delinquenten.« Ist das jetzt Ironie, fragt sie sich, aber sie glaubt nicht. »Ich habe keine Ahnung, was dich umtreibt, warum du einen Liebhaber willst statt einer Beziehung, so à la *No Strings Attached*, warum willst du das, warum mit mir, warum?«

Der Wein und das Wasser werden gebracht, sie schweigen, da ist er, denkt sie, der Fluss, oder vielleicht ist es gar kein Fluss, der zwischen ihr und einem andern strömt, sondern ein sie umgebender Schlossgraben.

»Ich hatte ein Zehnminutengespräch in der Schule, mit Ernst. Saß dort neben ihm. Die Jahre, die ich mit ihm zusammen war, kriege ich kaum in die Geschichte meines Lebens eingepasst. Ich kann sagen, dass ich gern ein Kind wollte, dass ich mich nach Häuslichkeit sehnte, nach Geborgenheit, wer weiß, vielleicht fing alles so ruhig und sanft an, weil es mir ein Gefühl von Sicherheit gab. Ich war nicht verliebt, glaube ich, vielleicht braucht es das Verliebtsein, damit es später, und sei es auch nur über die Erinnerung, als Schmiermittel dienen kann. Vielleicht war er auch, als ich ihn kennenlernte, ein anderer Mann als der, zu dem er später wurde. Vielleicht war ich schon verliebt, vielleicht hat mir der Mann, zu dem er später wurde, den Blick auf den Mann verstellt, den ich ursprünglich kennengelernt hatte, irgendwo ist da noch eine vage Ahnung von einem gewissen Esprit, einer originellen Sichtweise, einer ästhetischen Weltanschauung, nicht modern, aber vielleicht etwas spleenig, es gibt die Erinnerung an Vergnügliches mit ihm, Museumsbesuche, Spaziergänge, einander vorlesen, den ganzen *Don Quichote* zum Beispiel. Er wurde depressiv, und ich hab nie gewusst, dass eine Depression die Persönlichkeit derart zersetzt, du denkst, du hast jemand vor dir, der ist, wie er ist, nur in trübseligerer Variante, aber so ist es nicht, das frisst jemanden auf, bis fast nichts mehr von ihm übrig bleibt. Ich versuchte, sein Leben mit zu übernehmen, alles, was zur Daseinserhaltung nötig war und sich außerhalb des Blickfelds anderer abspielte, erledigte ich für ihn. Ich arbeitete seine Notizen aus, wenn das beruflich erforderlich war, ich machte die Tests von seinem Fortbildungskurs, ich brachte ihn zur Arbeit oder zu Terminen. Ich versuchte, ihn wie eine Jongleurin in der Luft zu halten, ich war sein externes Relativierungsvermögen. Er erzählte mir endlos dieselben Geschichten, dieselbe Geschichte über sein Leben, er fing am Anfang an und beschrieb eine einzige Aneinanderreihung traumatischer und demütigender Ereignisse. Ich ging dazu über, ihm seine Lebensgeschichte in alternativer Form wiederzuerzählen, fing am Anfang an und machte eine Kette von Errungenschaften daraus, die seine Kreativität und Spannkraft bewiesen, ich versuchte, seine Wut über bestimmte Dinge abzumildern, indem ich seine Traurigkeit darüber beschrieb. Ich versuchte, meine ganze Kraft und mein ganzes Improvisationsvermögen in seinen Dienst zu stellen, in keiner anderen Beziehung davor war ich jemand so bis zur Erschöpfung dienstbar gewesen, aber es fühlte sich wie etwas Endliches an, etwas, das gelingen konnte, es fühlte sich vor allem an, als müsste ich eine übermenschliche Kraftanstrengung aufbieten, wonach der Felsblock dann in einem günstigen Moment den höchsten Punkt des Berges erreichen und über den Gipfel hinweg und ins grasgrüne Tal hinabrollen würde, worauf wir für immer frei wären. Unterdessen versuchte ich, das Leben unseres Kindes so wenig wie möglich von seiner Depression infizieren zu lassen, ich baute einen Schrank um das Bett, damit er unser Haus an den Tagen, da er nichts anderes konnte, als im Bett zu liegen und zu schlafen, nicht zu sehr okkupierte, ich ermunterte ihn, wenn er obenauf war, möglichst viel von seiner Energie Hendrik zu widmen. Ich sorgte für ihn, aber ihm wurde das immer unangenehmer. Er war dauernd wütend auf mich, warf mir vor, ich würde auf ihn herabblicken, ich liebte ihn nicht, sondern erduldete ihn nur wie einen kranken Hund. Ich widersprach ihm, bis mir kein Gegenargument mehr einfallen wollte, und da gab ich ihm recht. Ich sagte, dass ich die Trennung wolle. Er sagte, dass er sich dann umbringen werde. Es dauerte noch Monate, bis ich sagte, das müsse er dann wohl.«

Sev schweigt, während die Hauptgerichte serviert werden. Jetzt sieht David sie an. Sie fährt fort.

»Als wir ein Jahr auseinander waren, es ihm besser ging und er sich häufiger um Hendrik kümmern konnte, hab ich einmal, als ich Hendrik abholen wollte, durchs Fenster reingeschaut und sah Ernst und Hendrik beide als Indianer verkleidet auf dem Fußboden sitzen, mit imposantem selbstgebasteltem Federschmuck auf dem Kopf. Ich klopfte an die Scheibe, Ernst erschrak, er hatte die Zeit vergessen.«

»Oje.« David schaut besorgt.

»Ja. Das war schön.«

»Schön?«

»Ja.«

Sie essen. Sie trinken.

»Daher, denke ich.«

»Was daher?«, fragt David.

»Dass ich es daher so wollte, keine Erwartungen, keine Verpflichtungen, keine Sorgen, keine Verantwortung, keine Entspannung, kein Alltagsleben.«

»Wie geht es ihm jetzt?«

»Oh, sehr viel besser. Glaube ich. Ich hatte das völlig vergessen, was das ist, Liebe, wie man es anstellt, ob es wichtig ist, dass ich dir endlich etwas über mich erzähle.«

Sie essen das Fleisch, das in schmalen Streifen auf ihren Tellern arrangiert ist, die gegrillte rote Bete mit Haselnuss, den grünen Salat, die Pommes.

»Es tut mir leid.«

»Was eigentlich?«, fragt sie nach einer Weile.

»Das steht für mich überhaupt nicht an.«

»Was?«

»Eine Beziehung.«

»Nein, für mich auch nicht, aber das macht es gerade so gut. Was ist eine Beziehung?«

»Hm.«

»Ich weiß nicht, ob sich Beziehungen, wie sie sich im Allgemeinen entwickeln, auf diese Weise entwickeln, weil das ein natürlicher Verlauf ist, oder ob wir einfach alle dem gleichen Beispiel folgen. Was ist Gesetzmäßigkeit und was Gedankenlosigkeit, Faulheit? Wie unumgänglich ist das? Können wir nicht alle alles ganz anders machen?«

Er will weg, er will in seinen Bau, er will die Türen hinter sich zumachen und wie ein Tier seine Jungen versorgen. Oder in Sevs Bett und in ihren Armen verschwinden. Er betrachtet ihr Gesicht, das ihm zugleich fremd und vertraut ist.

»David?«

»Ja.«

»Was ist?«

»Ich weiß nicht.«

Er isst seinen Teller leer, man sollte einfach alles aufessen. Er spießt mit seiner Gabel auch noch ein Stück Fleisch von Sevs Teller auf, die offenbar nicht einfach alles aufessen wird. Als die Teller abgeräumt werden, bestellt er noch ein Glas Wein. Er kehrt die Brotkrümel vor ihm auf dem Tisch zu einem kleinen Wall zusammen. Dann schaut er auf, sieht sie an.

»Sag mal. Sollen wir noch … sollen wir gleich, sollen wir noch kurz zu dir?«

»Ich wollte es ganz anders aufziehen, einen anderen Weg einschlagen als den schon gebahnten; nicht erst wie verrückt den Abstand zu verkleinern versuchen und danach krampfhaft den klaffenden Abgrund ausblenden.«

Was sagt sie da?

»Es war schön, ich war ab und zu sehr glücklich, der Sex war gut, richtig gut, herrlich war das, schamlos, unglaublich, dass das in dir steckt, je verwirrter du bist, desto toller, desto echter, desto lebendiger, aber jetzt windest du dich langsam wieder in deine alte Gussform zurück, in die Mannform, aus der du herausgekrochen warst oder rausgeschmissen wurdest, das ist vielleicht ein treffenderes Wort.«

»Es war schön?«

»Ja.«

Er muss irgendetwas erfüllen, denkt er, irgendetwas Unmögliches, er muss das jetzt verstehen, all diese Worte, mehr, als Sev im gesamten zurückliegenden Halbjahr gesagt hat. Sie kann es ja leicht Gussform nennen, aber sie versteht nicht, dass er sich kein Abenteuer erlauben kann. Jetzt hat David Tränen in den Augen. Und sie auch. Und als der Unterteller mit der Rechnung und den Pfefferminz zwischen sie auf den Tisch gestellt wird, tropfen die ihren auf ihre Serviette, die zusammengeknüllt vor ihr auf dem Tisch liegt.

»Also?«

»Nein«, sagt Sev. »Also nein.«

»Nein?«

»Nein.«

»Nicht zu dir, meinst du?«

»Ja: Nein. Das war nun doch das letzte Mal.«

Danksagung

Vielen Dank allen beim Verlag Van Oorschot, dass sie dieses Buch möglich gemacht haben, insbesondere dir, Menno Hartman, für dein Vertrauen und deine Verbundenheit. Vielen Dank den wertvollen Mitlesern Laura Minderhoud, Froukje van der Ploeg, Barbara Nieuwkoop, Herman Veerbeek und Marc Warning. Und vielen Dank Matin van Veldhuizen, der mich vom ersten Schritt an bis zur Fertigstellung mit Fragen, Ideen und Anregungen gespeist hat.

Einige der Romanfiguren sind im Sommer 2017 schon einmal in drei zusammengehörigen Erzählungen in *De Groene Amsterdammer, Das Magazin* und *De Gids* aufgetaucht.